中公文庫

出張料亭おりおり堂

ほろにが鮎と恋の刺客

安田依央

中央公論新社

目次

出張料亭おりおり堂

——ほろにが鮎と恋の刺客——

葉月（はづき）

真夏の夜の焼き岩牡蠣（いわがき）

八月の昼下がり。「おりおり堂」裏庭の隅に残る井戸端で、猫の楓が長くのびている。前足をでろんと伸ばし、うつぶせの姿勢で、ばったり行き倒れたような風情だ。コンクリートを固めた地面が日陰になっていて、そこだけひんやりしているらしい。庭の木に蟬がいるが、見て見ぬふりを決め込んでいるようだ。暑くてそれどころではないのだろう。

蟬はすぐそこの木で、じーわじーわと鳴いている。と思えば、向こうで、わんわんわんわんと割れんばかりの大合唱が始まる。

山田澄香は、料理の下に敷く「かいしき」用の葉っぱを調達するため、はさみを持って庭に出ていた。

真っ青な空に、もくもくと入道雲が湧いている。

「うはああ暑いっ」

いやもう、何と言うか、暑いなんてものではない。陽ざしが頬（ほお）に当たって痛いほどだ。むせかえるような草いきれ、熱い空気に息をするのも苦しい。たちまち、汗が噴きだした。

「澄香さーん。スイカを切りましたよ。上がってらっしゃいな」

「骨董（こっとう）・おりおり堂」のオーナー、橘桜子（たちばなさくらこ）の声がする。八十をいくつか過ぎているそうだが、自然体でいながらも美しい佇（たたず）まいの老婦人だ。

「はーい。今行きます」

おおぉ、地獄で仏とはこのこと。などと思いつつ、鳴子百合（なるこゆり）と青紅葉（あおもみじ）の葉っぱを持って、勝手口に回る。

外と光量が違いすぎて、すぐには内部が見えず、漂う空気に一瞬、祖父母の家に来たような錯覚を覚えた。子供の頃によく遊びに行ったのだ。あれは夏休みだったのだろうか。もちろん、他の季節にも何度も訪ねたはずだが、鮮明に思いだすのは夏の記憶だった。

今日は「骨董・おりおり堂」の定休日なので、店先は静かだ。奥の部屋にも、ゆったりとした空気が流れている。縁側のすだれを風がやわやわと揺らし、ガラスの風鈴がちりんと涼しげな音を立てた。スイカを口に運べば、しゃりりと冷たく、甘い。一気に汗が引いていくようだ。

幸せだなあ……。澄香は思った。

店舗部分と違い、こちら側にはクーラーさえなかったが、こんなにも満ち足りた気分でいる。

幸せってヤツはさ。モノじゃないんだよなあ。しゃくしゃくとスイカを食べながら、考える。

つい先日まで澄香は派遣社員として働いていた。その頃の自分はといえば、不自然にならないよう、目立ちすぎないように、と周囲に合わせることばかり考えていたような気がする。

可愛い服やアクセサリー、靴やバッグ。どんなに沢山のモノに囲まれて、きれいに自分を飾っても、一時的な満足が得られるだけだ。

他人と比べて、見劣りしないこと。他人と比べて、恥ずかしくない程度の品物を持つこと。自分が本当に欲しいものだとか、自分がなりたいものだとか、そんなことを全部後回しにして、上っ面だけ他人と合わせ、どうにか基準値をクリアして、自分はそれを幸せだとでも思っていたのだろうか。

この「おりおり堂」には桜子のほかに、料理人の橘仁がいた。彼は骨董の店を手伝うかたわら、出張料亭と称して、依頼されたお宅に出かけて料理を作っている。

澄香は幸いなことにその助手として採用され、出張先に同行する毎日を送っている。

家々のキッチンとそこで暮らす人々の人生。特別高価なものを用意しなくても幸せは作れるのだと学んだ。

この頃、澄香はこれまでの人生で一番幸せな時間を過ごしているのではないかと感じる。以前、自分がいた世界はどんより曇ったグレーに塗られていた。けれど今、四季の移ろいを感じ、風に混じる花や木々の香りを感じ、旬のおいしい食べ物を口にするという、当たり前といえば当たり前の生活を送ることで、毎日が鮮やかに彩られて見えるのだ。

そして、もう一つ、澄香を幸せな気分にさせてくれることがあった。

仁という男、並外れたイケメンなのである。

イケメンといっても数多の種類があると思うが、彼のイケメンぶりは無双だ。容姿だけではない。硬派でストイック、おのれに妥協を許さない努力家ながら思いやりにあふれているという、性格イケメンでもあるのだ。

あまりの完璧さに、これはとても三次元の人間ではあり得ないと思うことさえあった。

振り返れば、自分の人生、楽ではなかった。

入試だ、就活だ、と追われ続け、ふと気がつくと今度は、恋愛せねば女ではないとか、結婚できなきゃ不幸まっしぐらだなどと脅されて、頑張り続けることを強いられる。荒野みたいな道を三十年以上歩み続けてきたのだ。ところがいまは、ついに疲れ果てて行き倒れた自分が最期に見ている夢なのではないかと思うほど、きらめきに満ちたイケメンとの日々だ。

ただし、この恋愛は決して成就しない。

澄香の立場は虫除け（むしょ）だ。

並はずれたイケメンなので、仁はもてる。料理を頼まれて行った先でも、女性たちから色々とアプローチを受けることがあるようで、それを穏便に防ぐために澄香を雇っているのだ。

といっても、たとえば「彼女」を演じることでその任を果たす、ということではない。物理的に壁となり、彼に群がる女性を排除する係なので、どちらかというとSPに近い。その立場で今更、あなたが好きですなどと言い出すことは、彼に対する手ひどい裏切りだろう。SPがテロリストに転ずるようなものだ。

なので、澄香は自分の恋心が極力表に出ないよう腐心しながら、無心に彼の助手を務めていた。

それでいいのだと思っている。

澄香自身、これまでまともに恋愛できたことがなかった。過去の苦い体験のせいで、恋愛となると足がすくんだようになり、前へ進めなくなるのだ。

まるでゾンビだと思う。いい匂いのするイケメンの後ろを、トボトボとついて歩くだけの哀れなゾンビだ。

だが、人を好きになるというのは理屈ではない。

仁という男を知るにつれ、澄香は彼に惹かれていく自分を認めざるを得なかった。

先月の終わりから、澄香は仁に料理を教わっている。押しかけ弟子みたいなものだ。

そこに至るまでには色々あった。いや、仁からすればただ単に勢いで押し切られただけかも知れないが、澄香としては筆舌に尽くしがたい葛藤があり、ちょっともう、清水の舞台から飛び降りるような気分で頼んだのである。

誤解しないでほしい。これを機会に彼と急接近よ！　などという強気な戦略ではない。いや、もちろん、下心がまったくないわけではないのだが、それでも自分としては真摯な申し入れのつもりではあった。

だが、この弟子、教える方の仁にとっては何らありがたくも嬉しくもないだろうと思われた。

不器用なのだ。

澄香が、である。あまりの不器用さに自分も驚いているところだ。

これまで派遣OLとして働いて来た日々、澄香は自分が不器用だなどと考えてみたこともなかった。むしろ、ワタシ、割と器用に何でもこなす方ですし、といった認識を持っていた気がする。

幻想もいいところだ。

澄香はまな板の上の惨状を呆然と見下ろした。

どれほどひどいかというと、野菜の皮を剝けば、仁師匠の軽く十倍から十五倍の厚さ。魚をおろせば、ほぼ骨だけになってしまうていたらく。

青柚子の松葉細工というものがある。読んで字のごとく、青い柚子の皮を細く二股に切り、松葉に擬するものだ。これは簡単だとイケメンは言い、事実、彼は軽々と細い松葉を量産するのだが、澄香が作ったそれは青い洗濯ばさみのようだった。

あまり料理をしたことがないせいもあるのだろうが、とにかく、基本のきの字もできていない。おまけに、何かスポットライトでも当たっているみたいに、澄香のおおざっぱというか杜撰な性格がピンポイントで浮かび上がる感があった。

言うまでもなく、仁の料理は繊細だ。隅々にまで神経が行き届いている。一つ一つの工程を丁寧に行うことで、美しく、おいしい料理ができあがるのだ。

そうよ澄香。丁寧に、丁寧に――。頭では分かってはいるはずなのだが、力任せにガーッとわさびをすりおろし、ため息をつかれ、師匠の仁が繊細な力加減ですりおろしたものと食べ比べて、歴然とした差に愕然とする。

レキゼンとした差にガクゼン。あまりのことに、思わずラッパーみたいな口調で口ずさんでしまった。

風味や舌触りがまるで違うのだ。

道は遠い。あまりに遠い。はるかこの先に続く道のりを思うと絶望的な気分になる。

そして、気がついた。

どうやら自分には、仁によく思われたいという気持ちがあるのではないかと。

しかも、これがまたベタな話で、料理上手な女、中でも丁寧な作業を得意とする女は評価が高い、という刷り込みによるものだ。無意識にそれをなぞろうという思惑があったことを否定できない。

それが真正面から大玉砕しているのだから、もはや笑うほかなかった。

いや、しかし、と澄香は腕組みして怖い顔をしている仁の顔を盗み見た。

教える仁の方はもっと徒労感が強いはずだ。

「よし、分かった」

低い声で彼は言い、じっと澄香の顔を見下ろす。厳しい表情に、澄香は思わず首をすくめた。続く言葉は、「お前、クビ」だろうか。「マジ使えねー。お前みたいな女いらねえわ」などと罵(のの)しられ、助手のバイトまでクビになったらどうしよう。びくびくしている澄香に、仁は言った。

「お前が何もできないことはよく分かった。一から徹底的にやる」

え? お? クビではない?? こう見えて彼は、意外と面倒見のいい男だったのだ。

料理人たるもの、まずは道具の手入れから、である。

「包丁を研いだことはあるか？」

練習用の洋包丁の柄の方を澄香に向けながら仁が訊く。

「はあ、ないこともないんですけど……」

「骨董・おりおり堂」に作られたカフェスペースのカウンター内側だ。

ぴかぴかに磨き上げられたシンクの前で、包丁を握りしめて、澄香は立ち尽くす。

実家にいた時には母に頼まれて包丁を研いだこともあるのだが、使う道具は専用の電動シャープナーだった。当然のことながら、プロの料理人である彼がそんなものを使うはずもない。

包丁は砥石で研ぐものなのだ。毎日、出張先から戻った仁が砥石に水を含ませ、包丁を滑らせているのを見ているから、やり方は大体分かる。——気がする。

すべてにおいて言えることだが、仁が何かをする時、その動きには無駄がなく、楽々とこなしているように見えた。見ている分には至極簡単そうなのだ。

そこで山田澄香、魚はうまくさばけずとも、包丁研ぎぐらいならば。繊細さに欠けるならば愛する仁さんのために、せめて力仕事で役に立とうと考えたのである。えいやっと思い切りよく砥石に包丁を当てた瞬間、「待て」と仁の慌てたような声がかかった。

うむ、さすが仁さん。一瞬にして、私の〝使えなさ〟を見抜いたようだ。——って感心してしまったが、当然そんな場合ではない。

刃物はただ研げばいいというものではなかった。下手な研ぎ方をすると、包丁の形が変わってしまうのだそうだ。そのためには、包丁を当てる角度や、砥石の置き方はもちろん、力の入れ加減も重要だ。何とも奥が深いのである。

「包丁研ぎって、専門の人に頼んだりしないんですか？」

澄香は包丁を握りしめたまま訊いた。昔、祖父母の家では店に持って行っていたような記憶があったのだ。手本として自分の包丁を研いで見せながら、仁がうなずく。

「長年放っておかれたとか、刃が折れたとか、よっぽどひどい状態ならな。だけど、普段は自分でやるのが基本だ。毎日のことなんだから、いちいち人に頼んでられないだろ」

なるほど、それもそうだ。

「第一、包丁は自分で手入れしないと自分のものにならないんだよな」

独り言のような彼の言葉が妙に胸に響いた。

しかしである——。

「力任せにするな。肩の力を抜くぐらいのつもりで、軽く滑らせる」

「は、はいっ」

仁の低い言葉が耳もとで響く。彼は今、澄香の背後に立っていた。

包丁に添えた澄香の手。その上に添えられている、仁の手。

ひぃぃと、自分が息を吐いているのか吸っているのか分からないぐらい混乱した。

仁の指から体温が、伝わる。どっと額から汗が噴きだし、くらりとなった。

ああ。いけない。いけない。仁さんは真剣に教えてくれているのに、教わるこちらが不埒(ふらち)なことを考えてどうする。いけない、ハアハア、ああ、いけない。混乱する頭の中で、ヒューヒューと騒ぎ立てる一派と、それを鎮(しず)めようとする勢力とがせめぎ合っている。

澄香は必死で自分に言い聞かせた。

ダメだ。そんな風に考えるのは、仁さんを侮辱することにほかならない。失礼すぎる。

そこは本当に澄香もよーく分かっているのだが、とにかく物理的距離が近かった。自分の視界に入るのは、シンク、砥石、包丁、指。自分の指に添えられた彼の長い指、節が目立つ男っぽい手だ。店の営業は終わっているので、音楽も消えている。静かすぎる。彼の息づかいさえ聞こえてくるような気がするのだ。

ここで甘いムードに持ち込めるような「女」スキルがあれば、そもそも何も苦労はない。

澄香はうわあああと叫び出したくなるのをこらえ言った。

「こっ、心のゆがみが包丁に出るとかありますか？」

平静をよそおったつもりだが、出てきたのは何ともうわずった声だ。頭の上で、背の高い彼が少し考えているような気配があった。

「……ある意味そうだな。包丁研いでる時って、結構自分の内面と向き合う時間だから」

山田澄香、三十二歳、控えめに言って煩悩(ぼんのう)まみれだ。恋愛に関しては長く氷河期のような生活を送って来た分、妄想に長(た)け、もはや羽が生えて自由に空を駆(か)け巡(めぐ)っているレベルなのだ。まったくもって汚れきっている。

「まあ、包丁見れば、大体どんな人間かは想像がつくな」

何気ない仁の言葉に、思わず澄香は手を止めた。

少し冷静になれた気がする。決して安易に弟子入りを志願したわけではなかったが、やはり生半可(なまはんか)な気持ちで取り組めるようなものではないのだ。

私は一体何をしたいのだろう。

時折、仁に修正されながら包丁を滑らせ、澄香はぼんやり考えている。

料理を教えてもらうことになったのはいいが、じゃあ自分が料理人になる気かと問われれば、少し違う気がする。これから澄香がどれだけ修業しても、天才料理人の橘仁を超えられるわけはなかった。

やっぱり自分は仁さんの助手なのだ。女でなくてもいい。せめて切れ味鋭い懐刀を目指そう。きっととんでもなく道のりは遠いが、心ひそかに目指す分には許されるだろう。

そう考えた澄香は毎晩仁と共に居残り、せっせと包丁を研いでいる。

夕立が過ぎた。

澄香は見送りに出て来た古内医院の老先生にもう一度お礼を言って、待合室のスリッパを履き替える。待合室は夕立前に駆け込んで来た人と、降り止むのを待つ人たちで、いっぱいだった。みんな、思い思いに備え付けの雑誌を読んだり、テレビドラマの再放送に見入ったり、顔見知り同士が世間話に興じたりと、ゆったりくつろいだ空気が流れている。

古内医院は、老先生とお嬢さん（といっても五十オーバー）の克子先生の二人が隣り合わせに診察をしていて、患者は好きな方を選んでいいことになっていた。大学病院で先端医療を学んだ克子先生の人気も高いが、昔ながらの顔なじみや子供を連れたお母さんたちの間では、依然として老先生が人気のようだ。

他の患者に会釈して、使い込まれてつるつるになった丸い持ち手のついたガラスドアを開ける。きいぃと蝶番がきしみ、ぬるい外気が流れこんできた。雨に濡れた飛び石を渡り、白いキョウチクトウの木を見ながら石造りの門を出る。向かいのお寺の境内にある巨木でいっせいに蟬が鳴き出した。顔を出した太陽に、雨上がり特有のアスファルトと土のにおいが立つ。

澄香は包帯を巻いてもらった左手を直角に挙げたまま歩いていた。ロボットみたいと言うべきか、スペシウム光線を出す際のウルトラマンの右手のようと言った方が分かりやすいだろうか。

だらんと下げてしまうと、ざくざくと指が痛むが、ウルトラ上げをしていると、少しマシなのだ。

何が痛むのか？

傷である。

昨夜。包丁研ぎの研修を終え、密かに深夜営業のスーパーで購入したアジを自宅でおろす練習の最中、悲劇は起こった。

仁に教わった通り、ぜいごと呼ばれる硬いうろこを取ろうと包丁でごしごしやっていると、その刃が滑り、鋭く尖った先端部分が、ぶっすり我が手に突き刺さったのである。笑えるほどの出血に、狭いキッチンシンクの周囲は血まみれになってしまった。事件現場の様相を呈している。

キャーと叫ぼうが、いたぁいと泣いてみようが、咳をしようが一人である。澄香は包丁が刺さった瞬間、「がっ」と一言、低くつぶやいただけだった。

外向きの発声は助けてくれる人のアテがあってこそ意味がある。誰も来ない深夜の狭いワンルームで叫んでみたところで、むなしく壁にこだまするだけなのだ。一人暮らし歴も長くなれば、そんなことはよく分かっている。

こんな時と、あと病気の時だよね。早く結婚したいなあと思うのは……。などと考えつつ、澄香は妙に冷静な頭で動いていた。どうせ自分でやらなければならないのだから、騒いでいるヒマに事態の収拾に当たる方が賢いのだ。

キッチンペーパーで止血をしつつ、しかし三枚おろしは無理と判断した澄香は、アジをぶつ切りにし、塩をして冷蔵庫に保存。応急手当てのあとで、キッチンばさみを駆使してどうにか内臓を取りだし、身を油で揚げた。おかげでアジは守られた。できの悪い弟子とはいえ、仁師匠の教えは絶対だ。たとえこの手を負傷しようとも、食材を無駄にすることなど許されぬ。

というわけで、本来の目的とは著しくかけ離れた姿となったが、深夜にバリバリ囓(かじ)るアジの唐揚げはおいしかった。

痛みで眠れないのではないかとの心配も杞憂(きゆう)に終わった。痛いよぉと甘える相手もいないので、痛い痛い、うおー痛いなどと、ぶつぶつ言っている内に、割とすぐに寝てしまったからだ。

一夜明けての本日は桜子が骨董の商談に出かけており、「骨董・おりおり堂」は午後からの営業だった。朝には血も止まったようで安心していたのだが、出勤早々、いきなり仁に手をつかまれてしまった。

「どうした、これ？」

仁さんが私の手を……！　きゃああっ‼　と言いたいところだが、内心でひそかに、ぎゃあと太い声で叫び、挙動不審になってしまっただけだ。いや、問題はそこではない。修業の身としてはケガをするなど言語道断なのだ。

ほら見ろ。お師匠様も鬼のように怖い顔をしている。というか、これほどのイケメンが怒った顔というのはまた美しく、目に眩しすぎる。とても正視できず、澄香は視線を泳がせ言った。

「いや、ちょっとですね……揚げ物の油がはねまして。ははは」

絆創膏を幾重にも巻いて家を出たのに、うっすら、いや、かなり血が滲んでいる。仁の目をごまかせるはずもなかった。

「えーと、すみません。実はアジをおろす練習中にやっちゃいまして」

でへへと笑ってみるも、仁はにこりともしない。

「見せてみろ」

強い力で絆創膏を剝がされた。くそ、こんなことイケメンでない男がやったら犯罪ではないか。恐るべしイケメン。無罪である。傷口は親指の付け根あたりだ。消毒薬で血を流すと、人差し指との境の辺りがざっくりぱっくり口を開いている。

「すぐ医者に行って来い」

ちょうど戻った桜子に古内医院の診察時間を訊ねようとする仁に、澄香は慌てて言った。

「え、そんな。大丈夫ですよ。舐めとけば治りますって」

「バカ。傷が残ったらどうするんだ」

バカと言った仁の声が掠れ気味だ。彼の声は誰とも似ていない。低く、独特の響きがあって、セクシーだ。

――罵倒される言葉に酔っている。やばい。いやいや、心配してくれている人に何を言う。

「し、しかしですね。料理人たる者、傷の一つや二つ、勲章みたいなものではないですか」

自分が料理人というほどの立場でないことは重々承知のうえだが、あんまり仁が深刻そうな顔をするので、つい調子のいいことを口走ってしまった。

ああ、可愛くない。どうして私はこうも可愛くないことばかり口走ってしまうのだろうか。泣ける。ごめんなさぁい、私不器用で、とか消え入りそうな声で言って俯いておけば、まだ可愛げもあるものを。

「仁さんだって傷ありますよね」

仁の左手の、親指から手のひらの丘に向けて、大きな傷が残っているのを澄香は知っていた。かなり目立つ。五センチ近くあるだろうか。縫った痕と共に白く浮き上がっていて、痛々しい。同じ左手の親指付近なので、おそろいじゃーん？　などと、バカなことを、実は昨日から思っていたのだ。

仁はふと視線を落とし、自分の左手をちらりと見た。

「これは違う」

しまったと澄香は思う。当然、包丁による傷だろうと思っていたが、違ったのか。というか、なんでまた可愛くないことをダメ押しをしているのか。バカなのか。

「え、そうか。わ、そうですよね。仁さんほどの料理人がこんなケガをするわけがないですよね。あー。すみません、私ったら」

仁は傷を隠すように、ぎゅっと指を握り込み、「とにかく古内先生のところに行ってこい」とだけ言い残すと、店の奥に入ってしまった。

反省した。可愛くないのは勝手だが、人様（ひとさま）の事情に余計な首を突っ込む発言はどうしようもなくダメダメだ。落ち込む。

一体、自分は三十二年間も何を学んで来たのだろうか。

好きな男性の前でどう振る舞っていいか分からないって、今時、中学生にもいないのではないか。

そうだ、と澄香は思った。これからは少しでも可愛い女を目指そう。澄香が多少まともな女に近づいたからといって、どちらにせよあの超絶イケメンが自分を好きになるはずなどないのだ。それは天変地異というものだ。だが、それでも、せめて相手に少しは自分を良く見せたいと思うのが女心というものではないか。

澄香の傷は縫うまでには至らなかったものの、経過観察と消毒のため、しばらく通うよう老先生から言われている。古内医院は内科が主だが、外科も診るのだ。

「骨董・おりおり堂」への帰り道、無意識にウルトラポーズを取りながら、澄香は考えていた。

仁の傷は結構生々しく、古傷という感じではない。安易に口にしてしまったものの、よく考えれば、たしかに包丁で切った傷にしては深すぎるようだ。

でも、あれだけのケガをするって……。

利き手側でないとはいえ、あんなケガをしたら、しばらくは料理もできなかったはずだ。

雨に濡れた石畳から、むわあと熱気が立ち上がっている。

のんびりしてる場合ではなかった。はたと気付き、澄香は私服のサンダルをかちゃかちゃいわせながら、「おりおり堂」へ急いだ。早く支度を調えて、夕方からの出張先へ向かわなければならない。

ふと、目を上げた澄香は、あれ？　と思った。格子戸の前に誰か佇んでいる。若い女性の後ろ姿だ。細身で華奢、ふんわりしたショートカット。紺色のミニのワンピースからすらりとした脚が覗（のぞ）いている。

彼女はショーケースの中に飾られた花を見ていた。

竹を編んだカゴに木槿（むくげ）と薄（すすき）が活（い）けてある。

「あの……。よろしければ中にお入りになりませんか？」

無視して通り過ぎるのも何なので、澄香は言った。

まるで声をかけられることを予想していたかのように、にっこり笑って、女がふり返る。

うっわぁ。思わず叫びそうになった。めちゃくちゃ可愛い子だ。小顔に、可憐（かれん）な目鼻がきゅっと効果的に配置されている。お人形っぽい顔立ち。しかも若い。せいぜい二十代前半だろう。

むう……。そこまで思い、澄香は自分の考えに不満を覚える。

何故、人間、特に女は、かくも正確に若者とそうでないカテゴリーに属する女を見分けてしまうのだろうか。

あらイヤだ。私も若者のカテゴリーだわよ。そう思ってもみるが、目の前の彼女と自分では、明らかにお肌のハリと輝きが違う。悔しいが厳然たる事実だ。

しかも、彼女はこの暑さの中、汗一つかかず、涼しげな風情で立っていた。こちとら、雨上がりの道を歩いて来たがために、汗みずく、顔だって熱を帯び、まっ赤に熟れたトマトみたいになっていると予想される。

ええい、うっとうしいわっと、澄香は汗で頬に張り付いた髪を包帯で拭（ぬぐ）った。

「お店の方ですか？」お人形女子が言う。声も可愛い。

澄香はまたしても考える。カワイイ生き物というヤツは、何もかもが可愛くできてやがるぜ。めちゃくちゃ可愛いのに声だけおっさんとか、思考がおっさんとかないんだよね、これが。

何？　天の配剤というヤツ？　それとも、可愛い子はその可愛さゆえに周囲から可愛がられ、死角も隙（すき）もなく可愛くなると。そういう流れなのか。

「はあ、まあ……」

しかし、なんだろう。この違和感は。

澄香の返事が今ひとつはっきりしないのは、目の前の女性の微笑に何かしっくりしないものを覚えたせいだ。何かこう、嘘くさいというか、作り物めいたものを感じるのだ。

ヤダァ。私ったら、これじゃまるで可愛い子に対する嫉妬（しっと）そのまんまじゃなぁい。

出張料亭のお得意様である迫力満点のドラァグクィーン、アミーガ様たちの口調をまねて内心考えてみるが、やはり何か引っかかる。氷の微笑というか、冷笑に近いように思われるのだ。

しかし、気になるのはそれだけではなかった。

ここは骨董を扱う店ではあるが、手軽な価格のものも多いし、おしゃれだ。カフェもあれば、イケメン料理人がいることも知られているから、若い女性の姿がさほど珍しいわけではない。仁を目当てに足を運ぶギャル（‼）たちもそれなりにいるのである。その子たちと同年代のはずなのに、目の前の彼女は何かが違う。

まさかとは思うが……。澄香は首を傾げた。

狐の化身とかではあるまいな？　いや、時期が時期だけに、もっと分かりやすい怪談の方かもしれない。「牡丹灯籠」とかか？

「こちらでお料理を作ってもらえるって聞いて来たんですけど」

真珠のような前歯を見せて、彼女が言った。

「あ、はい。料理人の橘がご希望の場所に出張してお料理を作らせていただきます」

「出張？」

瞬間、お人形のように可愛い顔が邪悪にゆがんだ。――ように見えた。

え、こわっ。恨み？　出張に恨みでもあるのかと澄香は慌てた。出張中に夫に浮気されて淵に身を投げ、夜な夜な恨めしそうに立ち現れる幽霊か何かだろうか。と思うぐらい怖かったのだ。

冷たい風が襟元に吹きこんだ気がした。よく分からないが、ぞっとしたのだ。

「あ……あの、立ち話も何ですし、良かったら中へどうぞ」

自分以外には見えない存在だったら怖いので、強引に勧める。

だが、「戻りました」と格子戸を開けた瞬間、彼女の姿は自分以外にも見えることが証明された。

「お兄ちゃん！」後ろで感極（かんきわ）まったような可愛い声が聞こえた。

お兄ちゃん？

仁は店頭の平台に置かれたうつわを前に、桜子と二人で何か話している様子だった。

その彼が驚いたようにふり返る。仁がこれほど感情をあらわにしたのを澄香は初めて見た。

大きなオタマジャクシ型の目を見開き、そのまま数秒固まっている。

と同時に澄香もまた驚いていた。

お兄ちゃん？　じゃあこの子って、もしかして仁さんの妹？

ウソォ。妹がいるなんて聞いてない……。い、いや、待て。そういえば、妹も弟も何も、そもそも自分は仁さんの家族の話じたいを聞いたことがないではないか。

妹よ！　と呼びかける仁の声を待つ澄香の耳に、信じられないとでもいうような仁のつぶやきが聞こえてきた。

「葵（あおい）お嬢さん……」

おじょお？

「お兄ちゃん、会いたかったぁ」

この時、澄香はあまりの驚きに、傷の痛みをすっかり忘れていた。ついだらりと左手を下げていたのだ。

ハヤテのごとく背後から走り出た女に、狙い澄ましたように患部にぶつかられ、澄香はかはっと叫んだ。悶絶（もんぜつ）しつつ、内心、は。いかん！　と気づく。

ここだよ、ここ。ここで、いたぁい、とくずおれなければ。可愛い女ならばそれがセオリーに違いない——と思ったが、時すでに遅し。

その間に葵嬢は、仁の胸に飛び込んでいたのだ。

もう一度言おう。飛び込んでいた。彼の広い胸板に。

しかも、葵は仁の首に両手を回し、思いっきり抱きついている。

あ、かわいいー。いや、確かにかわいいけど、その男はアンタッチャブル。しかもお前は当たり屋か。かわいければ当たり屋も許されるのか。

しかし、こんな時、男の立場としてはいかなる行動を取るべきものだろうか？　これで鼻の下を伸ばしたとしたら、いかなイケメン無双といえども軽蔑するわーなどと勝手なことを考えた。

実況しよう。

イケメンは困惑していた。顔が大変困っている。そりゃ困るわなあ、と澄香はうなずく。

衆人（と言っても桜子、澄香。あと騒ぎを聞きつけてカフェスペースから顔を覗かせている常連の垣田さんと鈴木さんの四人だけだが）環視の中で、カワイイ若い女性に抱きつかれているのだ。カワイイ若い女性。言い方を替えれば若い美女だ。しかも、美女は現在、彼の胸で泣きじゃくっているところである。

「もぉお……もぉお、すっごく捜したんだからね」

しゃくりあげつつ彼女は言う。おおっと。仁さんの手が女の背中にそっと乗せられた！　そうですか、そうですか。これぞ正しきジェントルマン。泣いている女性に抱きつかれ、猫みたく顔をこすりつけられたら、そうさなあ、たしかに手を添えるぐらいはしないと、格好つかないか。紳士のたしなみですか。そうですか。

この時、仁と目が合った。

彼は別段救いを求めるようでなく、ましてや申し訳なさそうでもなく、いつも通り、これといって感情を見せず低い声で言った。

「山田、お嬢さんにアイスココアを作ってもらえないか」

「あ、はい」反射的に答える。

アイスココアとはまた面倒なオーダーだ。

「嬉しいっ。お兄ちゃん、葵がココア好きなん、覚えててくれはったんやぁ」

葵が仁の顔を見上げ、嬉しそうに言う。

くれはった？　突然出てきた関西弁のイントネーションに戸惑う。関西の人なのかと思いつつ、カウンターに入る。

それって、やっぱり仁さんの修業時代の京都で、ってことだよね……？

手を洗おうとして、澄香は動きを止めた。包帯を巻いた状態では手が洗えないことに気づいたからだ。

む、ヤバい。

手が洗えないということは、仁の助手としての仕事はほとんど何もできないということだ。

いやいや、まずいぞこれは。

古内老先生の診察は怖い。先生の話術が作る空気が心地よすぎて、患者は抗うことを忘れてしまうのだ。

澄香も当初、言ったのだ。

「先生。私、仕事がありますから、手を使えないとまずいんです」

「さよう、さよう。しかしのう、山田さん。ワシとしてはせめて今日一日はこの手を休めて欲しいのじゃ」

「はあ……でも、仁さんの助手をしませんと」

「何、あれなら一人でも大丈夫じゃよ。あなたが来る前は、ずっと一人でやっておったのだし」

　これを独特の節回しで、ゆっくり喋（しゃべ）るのだ。そうするとこちらは麻酔にでもかけられたように、ほわーんとなって、安心しきってしまい、気がつくと肝心のことを忘れ、言うことを聞かされている。催眠術のようだった。

「悪い。俺がやる」

　仁の声に我に返る。

　呆然と包帯を見下ろす澄香を脇へ押しやるようにして、仁がカウンターに入って来た。

「傷は？　縫ったのか？」

　仁が囁（ささや）くように訊く。

「あ、いえ。経過観察だけでいいそうです」

「そうか」

　小鍋で手早くココアを練りながら、仁は小さくうなずいた。

「お前、今日は休んどけ」

「え。でも……」

「いいから。そう言われたんだろ、先生に」

　彼はそう言い、目線で包帯を示す。どうやら、老先生とのやりとりもお見通しらしかった。

仁さん、心配してくれてたのかな……。ココアの甘い香りに、つい頬がゆるむ。

ふと。視線を感じて顔を上げた澄香は、カフェのテーブルに座った葵が、すさまじい表情でこちらを睨(にら)んでいるのに気づき、慄然(りつぜん)とした。

「あ、あの、仁さん。あの方は……」

澄香の問いに仁が目を上げる瞬間、葵は可憐さを取り戻し、にっこり笑っている。

「この前話しただろ。俺が修業した料亭のお嬢さん。葵さんだ」

「今野(こんの)葵です。よろしくお願いしますね、山田さん」

葵は立ち上がり、澄香に向かってすっと頭を下げた。

ヤマダサン。それは、何やら宣戦布告のようでもあったのだ。

街はずれのお寺で、夕刻から催されたのは暑気払いの宴(うたげ)だった。

御菓子司(おかしつかさ)玻璃屋(はりや)当主・松田左門(まつださもん)をはじめ、五十がらみの男性ばかり八名。彼らは小学校の同窓生だ。廃校になった母校校舎の存続を求める運動を始めた中心メンバーでもある。会場となっているお寺の住職をはじめ、地元に残った商店主、建築家、デザイナー、会計士など職業はさまざまだが、元々ウマが合うらしく、昔からよく集まっていたそうだ。

「まあ、気が置けない集まりだ。んなわけで仁の字よ。一つパァッと暑さを吹き飛ばすような料理を頼まぁ」

左門は場所の下見を兼ねた打ち合わせでそう言うと、仁の腰というか尻をぺしっと叩いた。

「見習いのスミちゃんも頼むぜ」

さすがに澄香の腰は叩かず、ちょうど聞こえてきた住職のおつとめに合わせ、左門は澄香に向かってうやうやしく合掌し、仁に「おっさん。何やってんだよ」とつっこまれていた。

真夏の料理は、見た目の涼しさが大切だ。刺身は砕いた氷に蓮の葉を敷いて、涼感を演出する。なまめかしいトロに烏賊、焼霜にした太刀魚。

鮑は水貝という料理にする。大鉢に塩水をはり、角切りの鮑、キュウリ、じゅんさいなどを氷と共に浮かべる。素材の味と涼感を楽しむ、夏ならではのものだ。

冷製穴子と冬瓜の炊き合わせを盛るのは、複雑なカットが施されたガラス鉢だ。冷たい料理を盛る場合、うつわもよく冷やして使う。

「味見してみるか？　このうつわで食べてみろ」

仁に言われ、予備のガラス鉢に口をつけると、唇にひんやりしたガラスが触れる。続いて、焼いた穴子の香ばしさと滋味を含んだ出汁の香りが鼻腔に抜けた。柔らかくほっくり崩れる穴子と、つやつやに炊きあがった翡翠色の冬瓜。深みのある穴子の滋味と、冬瓜のつるり、ひんやりした食感。冷たい出汁。さらには、上にのせられた茗荷の香りがあいまって、これぞまさしく夏のごちそう！　という感じだった。

「そりゃ、まずはビールだろ」

広間から、わはははと楽しげな声が聞こえてくる。

「出張料亭・おりおり堂」は料理が専門なので、基本的に飲み物はホスト側が用意することになっている。今回は住職と左門、フットワークの軽い何人かがその係を買って出ていた。広間横の控えの間に、冷蔵庫と簡単な水屋があって、そこに冷やしておくことができるようになっている。法事や地域の集まり、さらには運動部の合宿にまで、広間を貸し出すことが多々あり、そのために用意された設備だそうだ。

仁が料理をするのは寺の厨だ。みなのいる座敷から、よく滑る長い廊下を渡り、角を曲がった先にある。

おじさんばかりの宴席というと、なんとなく、頭にネクタイを巻いたサラリーマンの絵が浮かぶ。ましてや今夜は大いにハメを外そうとか言って、飛び交うビール、枝豆、コンパニオン――。そこまではいかないにせよ、下ネタまみれのおやじグループの宴会のように、座が乱れたらイヤだなあと澄香は内心思っていた。

しかし、考えてみれば、そもそもお寺を舞台に、「出張料亭・おりおり堂」を選ぶような人たちである。どの人も粋な振る舞いを心得ているようで、おしゃれで品のいい宴席だった。

——と、澄香は陰ながら思っていた。

陰ながらである。

何故か。

現在、澄香がいるのは宴席のおこなわれている庭に面した広間の外。分かりやすくいえば縁側の隅っこである。暮れゆく空に星が見える。お寺の境内には石灯籠があり、そこに灯がともっていた。お庭の木々がぽうっと照らされ、虫の声も聞こえてくる。とても風情があった。

敷居というのは結界だと聞いたことがある。つまり、ここを挟んで内と外。平たくいうと、澄香は中に入れてもらえず、廊下にうずくまっているわけである。もちろん、牡丹灯籠のお露さんみたいにお札を貼られて中に入れないわけではない。

葵嬢の命だった。厨から料理を運んでくるところまでは澄香の仕事、内側でお客様にお出しするのは葵の役目と分担を決められてしまったのだ。

「え、でも……」

「でも？　でも何やの？　山田さん、まさかその手でお客様にお料理をお出しするつもりやありまへんやろなァ」

唱えかけた澄香の異議は、たちまち葵お嬢様に押さえ込まれる。しかも笑顔だ。葵は可愛い声で、はんなり喋る。普段は標準語に近いアクセントで話しているのに、ここぞというポイントを、わざとらしく京言葉で決めてくるのだ。ゆっくり、おっとりした口調がかえって凶器のように冷たく、澄香はぴしりぴしりと鞭打たれているような気になった。

たしかにお客様の前で、この包帯はありえない。だからこそ、老先生も仁も今日は休めと言ったのだ。だが、実際のところ、厨とのこの距離では仁一人が料理を作りながら給仕までするのは難儀である。それは打ち合わせの時から分かっていたことだ。

「何とかなるだろ。左門も手伝ってくれるだろうし」

夕方、「骨董・おりおり堂」で仁はそう言った。が、左門は本日のお客様だ。座が盛り上がっている時に、席を外すような無粋なまねを、仁がさせるわけなかった。それを分かっていながら、澄香が休めるはずもない。

「包帯取ります。大丈夫なんで」

包帯に手をかけながら澄香が言うと、仁は険しい顔で、澄香の右手を遮った。無言のままだ。それこそが最大の圧力である。彼が拒絶するのを分かりながら、強行することは澄香にはできない。

そこで手をあげたのは、誰あろう葵だった。ころころと可愛い声で彼女は言うのだ。

「仁お兄ちゃん、お給仕の人が足りないの？　なら、葵にお手伝いさせて」

おお、救世主！　と言いたいところだが……。にっこり笑い、小首を傾げ、そこで何故、仁さんの腕に自分の腕を絡める⁉　クソ女――と内心で言いかけ、澄香は思わず首をすくめた。

ああ、いけないわ、澄香。この子は仁さんの妹的ポジション。血の繋がった妹という意味ではなくて、一億人の妹的なアレだ。

ここで説明しておこう。一億人の妹とは、七〇年代のアイドル、大場久美子（おおばくみこ）につけられたキャッチフレーズである。澄香の母が昔、ファンだったらしく、よく聞かされていたので、つい口をついて出て来てしまうのだが、考えてみれば現在の日本の人口は一億ではきかないので、修正が必要な表現である。

そのように前時代的というべきか、いささかずれた知識を念頭に、可愛い女を目指そうというのだから、そもそも彼女に敵（かな）うはずもないのだが、それでも同じ土俵に立たない方がいいんじゃないかと思うくらいの知恵はある。

対抗策としては一つ深呼吸して、大人の余裕で笑うぐらいであろうか。

まあ！　葵ちゃんって、なんて可愛くて気がきくのかしら。さすが仁さんが修業した料亭のお嬢さんだわ――って親戚のおばちゃんか。

一人脳内で突っ込みを入れている澄香の向かいで、仁は苦い顔だ。

「しかし、お嬢さんにそんなことをさせるわけには」

「やだぁ、お兄ちゃん。忘れはったん？　葵はこれでも料亭こんのの娘だよ。今ね、お母さんから色々教わってるんだぁ。女将(おかみ)修業中なんだよ」

仁がはっとしたような顔をした。

「葵お嬢さん。もしかして、こんのの女将に？」

葵の表情がふと暗くなり、彼女は仁の腕に絡めた手をそっと離した。

「う、ん……葵だって分かってるよ。お姉ちゃんに比べたらウチなんて全然ダメだと思うんでしょう？」

「そんな意味では……」仁は首をふる。

お姉ちゃん？　お兄ちゃんの次はお姉ちゃん？　といっても、そっちは、この子の本当の姉って意味だろうな……。などと考えていた澄香は、ふと仁の顔を見て、驚愕(きょうがく)した。

も、もしもし、苦しいのですか？

思わずそう声をかけそうになったのを、すんでのことで止める。

うかつに声をかけることもできないほど、仁の表情は苦しげだった。

葵嬢はうつむいている。その頭上で、仁は歯を食いしばっているように見えた。ぎゅっと目を閉じ、眉を寄せ、今にも泣き出すのではないかとさえ思う。

驚きなのか、不安なのか。自分の感じているものを理解できぬまま、澄香は息をつめて彼を見つめている。

息ができない。見ているこちらにまで彼の感じている痛みが伝わってくるようだ。普段、無表情に近い彼が、崩れ落ちそうに見える。首筋の筋肉がきゅっと立つ。全身に力を入れることで痛みに耐えているのか。まるでスローモーションを見ているように、ありえないほどの鮮明さで、彼の表情や動きが迫ってきた。

仁がぐっと左手を握りしめる。傷がある方の手だ。どれほど強い力なのか、まくったシャツからのぞく腕の筋肉の隆起を見れば分かる。彼はその手に右手を重ね、重いものでも押さえつけるように力をこめて、痛みごと、何かを押さえ込んでしまったようだ。

すっと表情が静かになった。もう、いつもの彼だ。

「仁さん……」

思わず小声でつぶやく。

その瞬間の仁の反応は、実に驚くようなものだった。

髪が乱れ、一条目(ひとすじ)の上にかかっている。わずかに癖のある髪の束(たば)ごしに、こちらを見た仁の瞳は、いたいけな子供のようだった。無防備で無垢(むく)で、頼りなげな子供。

ほんの一瞬のことだ。すぐに彼はクールな顔を取り戻した。

ただ、この一瞬、澄香は何かに触れた気がした。それが何かは分からない。だが、仁が今まで決して表に出さなかった何かだ。まるで、深海から浮かび上がってきた生物が波間に顔を出した瞬間を目撃したような気分になった。

「まあ、それじゃ今夜は葵さんがご一緒して下さるの。ごめんなさいね、葵さん。予定もおありだったでしょうに」

初対面の挨拶を既(すで)に済ませた桜子が葵に声をかける。葵は可憐な笑みを浮かべた。

「いいえ。私、仁お兄ちゃんに会うのだけが目的で来たので」

衝撃発言である。

「あら、そうでしたの」桜子はさして驚いた風もなく言った。

「でも、ちょっと心配なんですぅ」

葵はそう言って、伸ばした両腕のてのひらを腹のあたりで重ね、肩をすくめて見せた。高いウエッジソールのサンダルを履いた足は内また加減だ。

待て待て待てていっ。それをぶりっこポーズと呼ぶのだ。てえぇい、やめい！　とつっこみたいのはやまやまだが、可愛い子がやると、こんなポーズですらイヤミがないのである。

澄香が同じことをやれば失笑必至であろう。だからやらない。いや、やれないのである。それが恋愛不全で特別可愛くもない女が、世間から常に受け続けている無言の圧力というものだ。それを感知せずに強行すれば、失笑されたり、後ろ指を指されたりするのだから、世の中不公平なものだ。

「どうかなすって？」

律儀な桜子の問いに、葵は恥ずかしそうに仁の顔を見上げる。

「だって、山田さんって、とても有能な方なんでしょう？　私、きっと山田さんの半分もできないわ。こんなんで仁お兄ちゃんのお役に立てるのかなぁって心配で……」

うわ。それを言いますか、お嬢さん。実家の料亭で女将修業をなさっているアナタが。しかも、アナタがここへ来てからほぼ一時間、不肖わたくし山田澄香が有能だなんて誰一人言ってませんが――。

その瞬間、澄香は悟った。

この女は刺客(しかく)だ。誰が差し向けたのかは知らないし、単純に彼女自身が澄香を気に入らないのか知らないが、澄香の分不相応な恋心を殺しにかかっている。

「まあまあ、何かと思ったらそんなこと。大丈夫ですよ」

お、オーナー、まさか山田の仕事ぐらい誰にでもできますよとかおっしゃるんじゃ！

まあ、言われたところで事実ではあるのだが、尊敬してやまない桜子に言われるのはきついものがある。と思ったが、桜子は、ほほほと笑う。

「澄香さんもご一緒して下さるのよ。分からないことは何でもお聞きになるといいわ」

「あ、はぁい。じゃあ山田さん、よろしくお願いしますね」

にこにこ言われ、澄香も半ばひきつりながら「こちらこそ」と答えたものだ。

お寺へ向かう車中、彼女は澄香の隣だった。仁には謎のこだわりがあり、絶対に澄香を助手席に座らせようとしない。結果、澄香は毎度、後部席で荷物を押さえる係をさせられている。果たしてこれは、助手席を自分以外に座らせることを許さない独占欲の強い彼女の存在があるのだろうかと考えてもみたが、結局真相は分からないままだ。

もしや澄香にのみ適用される禁止事項なのかと思ったが、そうではなかったようだ。

「葵、助手席がいい」と仁に甘えかかったものの、即刻却下されたのだ。

「お嬢……葵さん。悪いけど、山田と後ろに乗って下さい」

ええーなんでぇ、と軽く不満げな声をあげたものの、彼女は割と素直に後ろに回ってきた。

ざまあみろ、荷物係。もちろん、人のことは言えないが。

やはり刺客――葵の態度が豹変したのは、厨に仁を残し、広間に向かう廊下の角を曲がった瞬間だった。

「出張料亭って、一体何やの⁉ ふざけてんの？」

うって変わった般若のごとき形相で、叩きつけるように言うのである。ここで叩きつけているものは言葉。叩きつけられているのは澄香だ。

「は？　はあ？」

「大体、あんた分かってんの？　仁お兄ちゃんがどれほどの料理人か」

　葵の言う「あんた」は「た」にアクセントのくる関西風だ。澄香には関西出身の友人もいるが、彼女らが時おり口にする「あんたぁ」にはもっと親しみがこもっているような気がする。対する葵の言葉は、まったくもって上から目線としか呼びようのない傲慢な響きに満ちていた。ねちねち、いびられている気分になる。

「そら、京都にもありますえ。出張して作らはる仕出し屋さんとか。せやけど、あの人らはきちんとしたお茶事やなんかに行かはるんや。こんなちゃらちゃらしたモンとはわけが違うわ」

　葵が忌まわしげに示したのは店先に置いてあった「出張料亭・おりおり堂」のフライヤー、つまりチラシだ。ポストカードサイズで「プロの料理人がお宅へ伺い、おいしいお料理を作ります。懐石、フレンチ、イタリアン、そのほか。ご希望に合わせて何でも」といった内容が書いてある。作ったのは澄香だ。当初、『天才料理人・橘仁』と太ゴシックで打ち込んでいたところ、仁に「バカ、やめろ」と慌てられたいきさつがあった。

「大体、なんやのん。こんな軽々しいイラストなんか入れて、しかもこの安っぽい紙」

　すいませんね。そのイラストを描いたのも紙を選んだのも私です――。

「でも、今っぽいでしょ？　カワイイって評判なんですよ」

それは本当だ。モチーフは不思議の国のアリス。大人になったアリスの横顔と長い髪が渦巻いている様を図案化したものをバックに、三月うさぎやマッドハッターがおいしそうな料理の皿を持って走っている。女性人気が特に高く、どこで聞きつけたのか、わざわざフライヤーを目当てに店にくる子もいるほどだ。桜子オーナーだって、「まあ素敵」と喜んでくれたのだが。

「かわいいて……」

葵は呆れたように鼻先で笑った。

「あのなあ、よろしおすか? 京懐石には伝統と格式いうもんがあるんどす。ましてや仁お兄ちゃんはその中でも別格の料理人や。それをこないな俗っぽいもんといっしょにせんといて欲しい、言うてんねん。大体、フレンチやイタリアンやて、何なん? なんで仁お兄ちゃんにこんなことさせなアカンの」

京都弁で語る葵はひどくご立腹の様子だ。

私に言われましても……。と戸惑う反面、やっぱり仁さんは相当の料理人だったんだなと思いもする。

「でも葵さん。仁さんは色んなお宅に伺って、お客様が喜んで下さるように色々考えてお料理を作ってるんです。そりゃ伝統と格式もいいですけど……」

澄香の言葉は葵の怒りに満ちた声で遮られた。

「そんなことはなぁ、そこら辺の中途半端な料理人に任せといたらええねん。仁お兄ちゃんは特別な人やの。あの人にこんなことさせるやなんて」

可愛くはつらつとしていた葵の顔がゆがむ。これほど強い彼女の怒りが、一体どこから湧いてくるのか。澄香には分からなかった。

気が置けない集まりだと左門が言った通り、手土産（てみやげ）代わりに酒を持ってくる人、食材を持ちこむ人も多い。

農家の知り合いがいるという人は、大量の夏野菜を事前に送ってきていた。枝豆、おくら、キュウリ、ズッキーニ、とうもろこし、トマトがどっさり。厨は夏の色だ。太陽をたっぷり浴びた野菜の匂（にお）いが濃い。これらを煮たり焼いたり蒸したり、あるいは生のままでと、それぞれの一番おいしい食べ方でお出しする。

澄香は厨と広間を行ったり来たり、うろうろしながら、多くは結界の外に控え、座敷の中の話を聞いていた。中のことは葵に任せておけばいいようなものだが、やはりお客様の反応が気になるし、仁に伝える義務があると思うのだ。

到着が遅れていた参加者をお寺の奥さんが案内して入って来た。宴席が始まる前から、三々五々、参加者たちの話題にのぼっていた人だ。

「そういや今日、藤村（ふじむら）来るんだって？」

「おう、聞いた聞いた」

「久しぶりだよなあ」

「マジで？　あいつ来るんだ。五年ぶりとかじゃないの」

「あの事故以来か」

一人のつぶやきに、みなが、ああ……といった感じで顔を見合わせる。

何やらワケありの人らしいなと澄香が考えたタイミングでご本人が登場した。

「おお、藤村。久しぶりじゃないか」

「まったく、五年も顔出さないで何やってんだよ」

既に盛り上がっていた参加者たちがどやどやと出迎える。

「ああ、悪いな。何かと忙しくて」

「さすがの二枚目も、ちょっと老けたんじゃねえのか」

「そりゃお互いさまだろ」

おじさんばかりだというのに、みな少年のように嬉しそうな顔をしている。

この藤村という人が何をしている人なのか、澄香はちょっと気になった。

二枚目。たしかにそうだ。

他の参加者はラフな格好で来ている人が多い。平日とはいえ、職住近接の人が多数なので、みんなこざっぱりした服装に着替えている。出先から直接来たという会計士の人ですら半袖シャツ姿だし、左門ともう一人に至っては粋な浴衣姿に団扇(うちわ)という夕涼みファッションの王道だった。

その中で一人、藤村という男だけが、きちんとしたスーツ姿なのだ。この暑い日本の八月に、クールビズとかですらないのである。かといって、彼はそこらのサラリーマンや官僚には見えなかった。ヤクザ風というのも当たらない。何がどう違うのか澄香にはよく分からなかったが、スーツも量販店のものではないようだ。襟の形にシャツ、ネクタイに至るまで、特に派手な色柄でもないのに妙に目を惹(ひ)く。とにかくおしゃれなのだ。

服装だけではない。顔立ちも整っている。藤村氏自身、長身でスタイルもよく、頭髪も豊かで、ちょっとモデルのようだ。顔立ちも整っている。美青年、いや美中年と呼ぶにふさわしかった。もちろん、年相応にくたびれてもいるのだが、それが陰影となり、かえって男ぶりを上げているようだ。五十を過ぎても、こんなかっこいい人っているんだなというのが澄香の正直な感想だった。

スーツか。そういえば私、仁さんのスーツ姿って見たことがないなあ。ふと、思う。

大抵、制服代わりの白シャツに黒パンだし、オフの時はTシャツとか、桜子のお供で出かける際でも、せいぜいカジュアルなジャケットどまりなのだ。

きっと似合うだろうなあ、仁さんのスーツ姿……。うふ、うふと澄香は夢想した。

ウチの橘は、長身でスタイルもようございまして、強いまなざしが特徴的。スーツを着せて立たせておけば、動かざることハシビロコウのごとし。いかがざましょ？　などと、メガネをかけた敏腕マネージャーになり、モデルとして売り込みたいぐらいだ。

自身の想像に澄香が鼻血を噴きだしそうになっていると、周囲からビールや冷酒を次々つがれていた藤村氏が「ああ、そうだ」と立ち上がり、トロ箱を持って敷居に向かって歩いて来た。

「料理人さんにこれ届けたいんだけど、厨房でいいの？」

部屋の隅できちんと正座をしている葵に言う。

「あ、お預かりします。山田さん、お願い」

葵め……。澄香はすっかり配下の者扱いである。

「はい」

それでも反射的に立ち上がる澄香にトロ箱を手渡そうとして、敷居をまたぎ出て来た藤村はぎょっとしたような顔をした。

「君は……」

「え？」

男は目を見開いたまま、立ち尽くしている。

ええ？　なんだなんだ。どうした。自分にはこんな知り合いいなかったよなあと思いながらも、こちらまで妙に落ち着かない気分になったのは、男のまなざしに確信めいたものが見えたせいだ。

かつて勤めた会社で会った？　いや、いくら何でもこんなスマートな男前を見忘れるはずがなかった。

「あの、どうかなさいましたか？」

澄香の問いに、彼は我に返ったように「あ、いや……失礼」と言って、トロ箱をくれた。

「産地から取り寄せたものです。料理人さんに渡してもらえますか」

「かしこまりました」

藤村の視線が澄香の左手に落ちる。彼は素早い動作で澄香の手からトロ箱を取り戻し、空いた手で、そっと澄香の左手を包み込むようにした。壊れ物でも扱うような優しい手つきだ。

「どうしたの、これ？　ケガしたの？」

仁さんとはまた違う優しげな低音ボイスに耳もとで囁かれ、澄香は驚いて男の顔を見た。

「え？　あ……いえ。大したことでは」

澄香はトロ箱に目を落とす。男の視線がいとおしげに向けられるのに耐えられなくなったからだ。

いとおしげ？　いやいや、待て待て。いくら何でもそれはないだろう。自分が抱いた感想の厚かましさに思わず赤面した。葵のように誰から見ても愛くるしい女の子ならばいざ知らず、そもそも澄香は初対面の殿方から、いとおしげに見つめられるタイプではないのである。

「届けてまいりますので」

トロ箱を取り返そうとするが、男はさっとかわして言った。

「じゃあいっしょに行こう。ケガをしている女性にこんな重たいもの持たせるわけにはいかないよ」

うわぁ……。別にそれほど重くないんですけど。——ってか、ここへ来るまでに既に、もっと重いものを運んで来たのだが。

仁は今日はなるべく澄香に荷物を持たせないようにしてくれていたが、だからといって知らん顔はできないのが澄香の性分だ。

「ふうん。アジをおろそうとしてケガしたのか」

厨への廊下を歩きながら、藤村はおかしそうに言った。

「あなたも料理人になるの？」

「まだ分からないです。でも、おりおり堂で働く以上は努力しようと思ってます」

澄香の返事に、彼は目を細める。いとおしげに笑いながら。って、いや、だからそれはないって。きっと、こういう顔なんだな、この人。と思うことにする。

「そう。だけど、くれぐれも気をつけるんだよ。せっかくこんなきれいな手をしてるのに」

「い、いえ、そんな」って、アナタ、ピアノのお稽古を早々に断念した、短い指の、赤ちゃんみたいにぽよぽよした手をちゃんと見ておっしゃってます？

それがゆえ、澄香の指に高価な指輪は似合わなかった。いちばん似合うのは夜店で売っていそうな色つきガラスだ。

「男はね、女性がケガをしてると、申し訳ない気持ちになるんだよ。たとえ自分が原因じゃなくても、あなたを守れなかったことは同じだからね」

ダメを押すみたいに、男はキザなことをさらりと言ってのける。じっと澄香を見つめながら、である。こんなセリフを口にしたのが、下心みえみえの脂ぎったおっさんとかなら走って逃げて後日ネタにするところであるが、彼にはまったく嫌みなところがなかった。

ええと。この人は卓抜した紳士という理解でいいのだろうか？

並んでお寺の廊下を歩きながら、澄香は考えている。

それともこれ、何かの陰謀なのか？　ハニートラップとかいうヤツか？

ってバカな。一介のアルバイトである澄香を罠にかけて、誰に何の得があるというのだ。

じゃあ、この人、すっごーいプレイボーイとかなのだろうか。そうも考えてみる。

不況続きの世の中では、そのような人物にお目にかかったことがないが、昔を知る姉やその友人たちによれば、バブルと呼ばれた昭和の時代には、存在していたそうだ。べたべたな女たらしも。紳士と呼ぶにふさわしいほど金払いよく、かつスマートなエスコートをする男性もである。今となってはほとんど絶滅危惧種の感があるが、そもそも本日お集まりの皆さんはバブルを謳歌した世代のはずだ。

厨に入り、声をかける。

「仁さん、こちらのお客様からお預かりしました」

仁は手を止め、包丁を置いた。藤村に向かい頭を下げる。

「料理人の橘です」

「藤村です。左門からお噂は聞いていますよ。たいそう腕がいいとか」

厨の入口で会釈を返しながら藤村は笑った。

「思ったよりずいぶん若いんだな。仁さん、なかなか素敵な人だね」

声を落とし、澄香に向かって言うのである。

えーと？　いや、それはそうなんですけど、何故それをわたくしに？　ガールズトーク的なノリ？　この人、こう見えて実はアミーガたちのお仲間なのだろうか。

そうも思ったが、彼が見ているのは仁ではなかった。

「はい。お料理も素敵なので、是非召し上がって下さい」

「そう。それは楽しみだ」

などと言いつつ、藤村は澄香を見て微笑む。ふわっとした、何とも好感度の高い笑い方だ。

仕方がないので、微笑みがえしをしておく。

念のために説明しておこう。微笑みがえしの出典はやはり七〇年代のアイドル、キャンディーズの歌のタイトルからだ。これも若かりし頃の母が好きだったのだ。だが、いつしかまともな恋愛道からはずれた澄香にとっては別の意味を持っていた。

人間の微笑みにはレベルがあると澄香は考えている。社交辞令としての微笑、心の内から溢(あふ)れる自然な微笑、そして裏のある黒い微笑などなどだ。しかしそのレベルを読み誤り、不適切な反応をすると、円滑な人間関係を保てない恐れがある。そんな時、相手の微笑をコピーしてそのまま自らの顔に貼りつけておけば、失敗し爆死することはまずないという、便利な方策なのだ。これは恋愛以前の問題で、友人関係は元より、社会人として必要不可欠なスキルでもあった。何度もの苦い経験を経て、ようやくそのことに気づいた澄香が編み出した必殺技である。

今、澄香には目の前の男が何を考えているのかさっぱり分からず、まさしくそれを発動させたところである。

作業台の上でトロ箱の封を外し、蓋(ふた)を開けると、ごつごつした貝殻が並んでいるのが見えた。箱いっぱいに詰め込まれた、立派な牡蠣(かき)だ。

「うわあ、すごいですね。夏の牡蠣って、私、食べたことないですよ」思わず言った。

「そう。岩牡蠣は夏が旬なんだよ。どうかな。山田さんもいっしょに食べませんか」

「え。いえ、とんでもない。私はお給仕がありますから」

「もう一人のお嬢さんに任せておけばいいじゃない。元々、外に放り出されてたわけだし」

こ、この男……。さっき来たばかりで、そこまで見て取りおったか。あっぱれじゃ、と言いたいところだが、正直困る。微笑がないのでそのまま返すこともできないのだ。え、こわっ。ふと仁を見て澄香は思わず固まった。仁が男を見つめている。いや、それでは語弊がある。睨んでいると言うべきか。元々そんなに愛想のある人ではないのだが、仮にもお客様を前に彼がこんな顔をしたのは初めてだ。

藤村が面白そうな顔で見つめ返す。仁はにこりともせず言った。

「料理方法にご希望は？」

「もちろん生で、と言いたいところだけど、あえて新鮮なのを焼くのも悪くないね」

「かしこまりました」

「じゃあ、よろしく。山田さん、おいで」

公園のハトみたいに呼ばれてしまった。

「いえ、でも……」

「いいわよ。お戻りなさいな」

高飛車（たかびしゃ）な口調で言ったのは、いつの間にか背後に忍び寄っていた葵だった。

「どうせ役に立たないんだから」

仁に聞こえないようにだろう。小声で付け足す。

「葵さん……」

葵は澄香ごしに仁の姿を見つけると、うって変わって可憐な表情になり、きゅるんと小首を傾げた。

「いいのよ、澄香おねえさま。おねえさまの分まで葵が頑張るから。ね、仁お兄ちゃん」

う、刺客が。刺客が怖い。

「でもですね、私は働きに来た立場ですから」

いい加減あきらめてくれるかと思ったが、藤村は揺るがない。

「じゃあ、こうしよう。僕が今夜の宴にあなたを招待しよう。それなら問題ないよね」

いやいやいや、問題しかない。大体、なんでこんな話になっているのか。わけが分からない。うっかり岩牡蠣を食べたことがないなんて言わなきゃ良かった。悔いる澄香に仁が言った。

「山田、こっちはいいから行ってこい」

「でも、仁さん」

「いいから行け」

低い声で鋭く言われ、澄香は仕方なく、分かりましたとうなずいた。

というわけで、澄香は敷居を越えて昇格、宴席にはべっている。お寺の長机をロの形に配した席の、なぜか上座だ。全体を見渡せ、かつ全体から視線の集まる場所でもある。はべっているとは言うものの、お酌をして回るコンパニオンや芸妓のような意味合いではない。単に座っているだけだ。

左門をはじめ、他の参加者たちのなんでいるんだ？　という視線を集め、居心地悪いことこの上ないはずだという予想は外れた。みんな当然のような顔をして、澄香を伴った藤村を迎え入れたのだ。

これではまるで愛人ポジションではないか――。などと俗っぽいことを考えてもみたが、藤村は時折、澄香に話しかけては微笑むばかりだった。

左門や他のメンバーも気を遣ってくれているのか、澄香に話を振ったりもしてくれたが、そもそも彼らは四十年近い付き合いの仲間同士だ。やはり、澄香一人が闖入者であることに変わりはない。どうにも落ち着かなかった。

澄香を役に立たないと言ってのけるだけあって、葵の給仕は完璧だった。

和室における立ち居振る舞いについて、澄香は「おりおり堂」へ来るまでほとんど知らなかったと言っても過言ではない。畳の縁や敷居を踏んではいけないことぐらいは知っていたが、襖の開け閉めに、畳一枚分を何歩で歩行すべきかなど、詳細なマナーがあるのだ。一応桜子から基本的なことは教わったものの、本格的なマナーともなると、もはやアクロバットに近い。襖を通過する際も座ったまま、こぶしをついて身体を持ち上げ、空中浮揚のような体勢を取らねばならぬのだ。

　和室と言っても訪ねる先は大抵普通のお宅だ。そこまでやる必要はないと、仁と桜子の意見も一致しており、実際、そんな余裕はないので、澄香は最低限のマナーを守るにとどめていた。

　だが、葵は空中浮揚さえ難なくこなす。身ごなしはもちろん、うつわの出し方、空いた皿への目くばり、さりげないお酌に至るまで、非の打ちどころがなかった。ある意味、仁の料理に通ずるところがあるのだろう。彼女の動作は流れるようで、無駄がない。洗練され、極められた能舞台を見るようでさえあった。

　なるほど、最初の頃に仁が澄香を評し「ルンバの方がマシだ」と言った理由が分かった気がする。つまり、自分が思っている以上に役に立っていないというわけだ。

　やはり葵の素性が話題に上る。この若さでここまで完璧な振る舞いをすれば、そりゃ何者だという話になってしかるべきだろう。

「料理人の橘仁が修業した料亭の跡取り娘」

葵自身がリークした情報はたちまちメンバー間に広まった。

「へえ。京都のこんのといや、老舗(しにせ)中の老舗じゃないの」

「名店だよなぁ」

ベタな反応が渦巻いている。

「玻璃屋。お前、それ知ってたのか？」

誰かの問いに、左門が「おぉ」とうなずく。左門は仁が心を許しているとおぼしき数少ない人間の一人だ。きっと、澄香が知らない仁のことをたくさん知っているのだろうと思った。

「けど、なんでそんなすごい料理人がこんなとこで出張料亭なんかやってんだい？」

「大方あれだろ。向こうで何かしくじったとかじゃねえのか。コレ関係とかでさ」

小指を立ててはやすような口調で言う男に左門が何か言いかけるのを遮り、しゃきりと背筋を伸ばして葵が首をふった。

「違います。橘は――」

葵の口から出た「橘」という呼称に、澄香はどきりとした。

「橘はこんのの板長になるはずやったお人です。今でも店の者はみんな、橘が帰ってくるのを待ってるんです」

「え？」

思わず口をついて出る。誰より驚いたのは澄香だったかもしれない。

「へえ、そうなの。だけど、それじゃあ、一体彼はこっちで何してんだい？　出張料亭なんかやったって、料亭の板さんの肥やしになるとは思えないがな」

参加者から不思議そうな顔で訊かれ、葵は言葉に詰まったようだった。

「それは……。事情があるんです。でも、ううん。せやけど、ウチは必ず京都に橘を連れて帰ります。そのために来たんやから」

自分に言い聞かせるように言って笑う。澄香は、その葵の言葉に激しく動揺していた。

「おうっ」

オットセイのような声をあげたのは左門だ。

「この話はここいらでおしめえだ。人様の事情を詮索するなんざ野暮天のすることったぜ。さあさあ、飲もうや」

鮎の田楽に万願寺唐辛子の焼き物。

天然鮎に田楽味噌をぬって焼いたものだ。こんがり焼き上げられた味噌から箸を入れると、ほろりと身が崩れる。上手に食べないと、細かい身がぽろぽろ落ちるほど繊細なのに、味は濃厚だ。鮎本来のうまさとキュウリを連想するような青臭い香りが舌をびっしり覆ってしまう気さえする。田楽味噌は卵黄や味醂や酒、胡麻などを加え、練り上げたものだ。

その香ばしい甘さとはらわたの苦み。薄いグラスは冷酒を注がれ、汗をかいている。ぐっと飲み干すと、鮎の残り香と辛口の日本酒に、意識は清涼な滝と緑に飛ぶかのごとし。

「ははは、山田さん。いい飲みっぷりだなあ」

隣で言われ、澄香は我に返った。藤村が友人から受け取った大吟醸を空いたグラスに注いでくれる。

「あ、わ。すいません……つい」

「何を謝ることがあるの？　おいしそうに食べて飲む女性は魅力的だよ」

「は、あ……」

答えに窮し、ふたたび鮎に向き合っていると、藤村の携帯が鳴った。

「ちょっと失礼」と言いながら、席を立ち、彼は広間の外に出て行った。

残る全員が何とはなしに彼を目で追っているようだ。泳がせている容疑者以外、全員刑事。みたいな、妙な雰囲気だった。

「スミちゃん、すまねぇな」

口の字机の向かい側にいる左門が、澄香に向かって言う。

「あの野郎のことは気にしなくていいからよ。適当にあしらってくんな」

「藤村様のことですか？」

「おぉ。ヤツも悪気はねぇんだがなァ」

病的な女たらしか何かなのかと澄香は思ったが、左門はなんとも渋い顔をしていた。

「野郎、ちいとばかしワケありでよ」

「はあ。と言いますと？」

うーんと声をあげたのは、藤村と反対側の隣にいた男だ。

「たしかに似てるよなぁ」

「うん。顔もだけど、喋り方とか雰囲気？」

全員が澄香を見てうなずいている。


聞かされたのは何とも奇妙な話だった。

五年前、藤村は学生時代の女友達と旅行に出かけた奥さんを事故で亡くしたそうだ。その亡くなった奥さんに、澄香が似ているのだという。

「左門。おめえは藤村にこの人を会わせたくて呼んだのかい？」

仲間の問いに、左門は「いんにゃ」と首をふった。

「あいつが来るって知ってりゃ、今回、仁の字にゃ頼まなかったんだがな」

浴衣姿で腕組みをして言う左門は、いちばん最初に澄香を見た時から、誰かに似てるなと思っていたという。それが藤村の亡妻と結びついたのは、彼が五年ぶりに参加の連絡を寄こしてからだったそうだ。

「五年ぶりって……その事故から、ってことでしょうか？」

「ああ。ヤツぁ、こっちが恥ずかしくなるくれえの愛妻家だったからなあ。それ以来、人が変わったようになっちまったのよ」

「ずっと声はかけてたんだけどね、そんな暇ないの一点張りさ」

他の男が言う。彼は、仕事の関係などでこの五年間の間にも何度か藤村に会う機会があったそうだ。

藤村は不動産関係のデベロッパーだという。元々切れ者ではあったが、妻を失ってこの方、脇目もふらず仕事に没頭し、次々に大きなプロジェクトを立ち上げては成功を収めているのだと聞かされた。

「ああいうのを鬼気迫るっていうのかねぇ。ちょっと背筋が寒くなったよ」

「やり口も結構強引だと聞いたぞ？」

会計士の男が言った。

「ああ。なりふり構わないってのか、いささか自己破滅的でね。あちこちで相当恨みを買ってるようだし、あんな調子じゃいつ刺されてもおかしくない」

「おいおい、物騒なこと言うなよ。いくら何でもそんな」

笑い飛ばそうとする友人たちに彼は真顔で首をふる。

「いや。ヤツは本当にヤバいんだって。変わっちまったんだよ。昔のあいつじゃない」

葵が住職を呼びに来た。入口付近で何か相談をしている。どうやら牡蠣を焼く算段のようだ。

冷たいものは冷たく。対して、熱いものは熱くして出すのが鉄則だ。もっとも、普通の家庭のキッチンをお借りするのとは違い、ここは厨から少し距離があるため、どうしても温度が下がってしまう。そのための方策だろう。仁と住職、入口近くにいた人が手伝って、倉庫からバーベキュー用のコンロを持ち出してきた。いっそ部屋の中でやろう、いや煙が出るからなどと合議の結果、廊下で炭火を使うことになったようだった。

一同はほろ酔い加減で立ち上がり、仁が牡蠣を焼くのを見守っている。

藤村はまだ戻ってこない。

手伝おうと思ったが、男たちに阻まれ近づけず、澄香は少し離れた場所に一人、立っていた。

炭が赤く熾っている。葵が仁を見上げ、楽しげに何か耳打ちした。それに答えるように仁が何か言って、葵に笑いかける。

へえ、仁さんてあんな顔するんだ……。

軽い驚きと共にそう思った。澄香には一度だって見せてくれたことのない親しげな笑顔だ。

不意に、ぎゅっと胸をつかれた。

なぜ、あそこにいるのが私でないのだろう？　彼の横に立つのは自分のはずなのに――。だが、それは助手としての立場に過ぎない。当たり前だ。それ以上の何を望めるというのか。

彼の昔を知る女。葵はきっと、澄香の知らない仁を知っている。十年分もの彼。対して澄香が知るのは五ヶ月にも満たない。

今まで仁が自分と向き合ってくれたのは、単に二人きりでいることが多かったから。いわば閉ざされた世界だったからなのかもしれない。そんなことを今さらながらに思い知る。

こんな風に沢山の人に囲まれて、離れてしまうと、その距離はあまりに遠い。

炭の上を、ひらひらと炎が走っている。

彼を誰にも渡したくない――。

自分だけのものにしたい――。

仮面が剝がれて落ちた、と思った。澄香が恋愛のできない女なのは事実だ。相手とうまく付き合っていけないのだからそれは間違っていないだろう。だから、ずっと自分だけ恋愛のどろどろした醜いものと無縁のような顔をして来た。だが、どうだ。一皮剝けば、こんなにも汚い。独占欲と嫉妬で膨れあがった化け物のようではないか。

まるで火に炙（あぶ）られているかのようだ。胸から上は耐えがたいほど熱い。それなのに、手足は氷水に浸かってでもいるように、どんどん冷たくなっていく。押さえがたい気持ちがこみ上げて、吐きそうだ。

「彼を見てるの？」

肩に熱い手が触れ、澄香はびくりとした。ふり返ると、藤村が見下ろしているのと目が合った。

「かわいそうに」

男がつぶやく。いとおしげな瞳。だが、その奥にちらちらと、別の何かがまたたいている気がした。

「かわいそう？」思わず聞き返す澄香に男がうなずく。

「仁さんは君のものにはならないよ」

なんで、あなたにそんなことを言われなきゃならないんですか――という言葉を澄香は飲みこんだ。

「こっちへおいで」

「何をおっしゃって……」

「分かってるんだろ？　彼といても君は幸せにはなれない。だけど、僕なら必ず君を幸せにしてあげられる」

この男は一体何を言っているのか……。

思いながらも澄香は、彼の瞳に絡め取られたようになって動けなかった。

「そこまでにしときな、藤村」

澄香の前に立ちはだかったのは左門だった。

「この子は美沙(みさ)さんじゃねえんだ」

ああ、そうだ。このまなざしは私に向けられているのではない。彼が見ているのは澄香ではなく、美沙さんという名の亡くなった奥さんなのだ。

藤村は妙な色気を含んだ目で首を傾げ、ふっと笑った。

「左門、お前らしくもないな。そんなことはよく分かってるんだよ」

彼の言葉は静かなままなのに、徐々に怒りをはらみ、冷たく鋭利に変わっていくのが分かる。

「分かってんなら、ちょっかい出すんじゃねえよ、このタコが」

声を荒らげる左門に構わず、澄香のケガをしていない方の手を取り、藤村は軽く音を立ててキスをした。

「山田さん。正式に僕とおつきあいをして下さいませんか」

「おい、お前」

「い、いや、あの、ちょっと待って下さい。困ります」

慌てて手を引こうとするが、がっちり摑(つか)まれていて動かせない。

不意に視線を感じて顔を上げると、こちらを睨みつけている仁と目が合った。

「仁さん……」

澄香が言いかけた瞬間、何の感情も見せぬまま、彼はふいと横を向いてしまった。

ひぐらしが鳴いている。

澄香は「おりおり堂」の店先に佇み、空を見上げていた。西の空が見事な夕焼けに染まっている。お盆過ぎの夕方だ。まだまだ気温は高いのに、吹く風にわずかな秋の気配を感じる。

葵はまだ東京にいた。

当初、十六日の五山(ござん)の送り火までには帰ると言っていたのだが、予定を変更したようだ。ホテルを引き払い、こちらにいる従姉妹(いとこ)の家から毎日通って来ている。

「お兄ちゃんが京都に帰るって言うてくれるまで、葵は帰らへんから」

さっき、葵が仁に詰め寄っているのを澄香は偶然聞いてしまった。

その時、澄香は「おりおり堂」の二階へ上がる古い階段の途中で本を読んでいた。厨の一部が吹き抜けになっていて、階段の上部と繋がっているのだ。身を乗り出せば、厨を覗くこともできそうな場所だった。お寺での宴以来、なにか気まずく、休憩時間などはなるべく仁と顔を合わせないようにしている。ケガはもう治っていたが、包丁さばきの特訓も休止されたままだった。

「葵さん。私はこんのを辞めた男です。何と言われようと戻る気はありません」

仁の声が聞こえる。思った以上に明瞭に聞き取れてしまい、澄香は慌てて本を閉じ立ち上がりかけた。立ち聞きなどすべきではない。分かっているのに、澄香はその場に立ち尽くしていた。

「お兄ちゃん。これは言わないでおくつもりだったんだけど、去年、お父さんが倒れはったんよ」

「親方が？」仁の声に動揺が滲む。

少し間があり、葵が言った。

「今はもう退院して板場に立ってはるけど、痩せたし、やっぱり心細くなってるみたい。こんな時、仁がいてくれたらなぁってつぶやかはったん、ウチ、聞いたの。お父さん、本当はお兄ちゃんが帰ってくるのを待ってるんだよ。娘やもん、分かるわ」

「葵さん、それは違います。親方は私を絶対に許さない」

「そんなことないっ」

葵がヒステリックに叫ぶ。

「そりゃあ、お姉ちゃんのことは私だって悲しいよ？　けど、だからってお兄ちゃんにまで去られたら、私たちどうしたらいいの？」

お姉ちゃんのこと――？

泣きながら葵は続ける。

「このままやったら、こんのはどうなんの？」

「葵さんが女将になれば心配はな……」

バシッと肉を叩くような音がし、なだめるような仁の言葉がとぎれた。

「最低やわっ。お兄ちゃん、分かってるよね？　それって私が婿を取るってことだよ？　私、なんで好きでもない人と結婚しなきゃなんないの？　お姉ちゃんのことに責任感じてるんやったら、責任取って私と結婚してよ」

激高する葵の声がわんわんと響く。澄香は全身に汗が滲んでくるのを感じた。

「それはできません」仁のゆっくりと、だが毅然（きぜん）とした声が聞こえた。

「なんで？　なんでやの？　あの人のせい？　山田さんが好きなん？」

「違う、山田は関係ない」

そうだよなあ。私も違うと思う。澄香はぼんやり考えている。

「そう」

葵がきつい声で言う。

「じゃあ、私、あきらめへんから。お兄ちゃんもそのつもりでいて」

ばたばたと足音を立てて葵は出て行ったようだ。

聞くんじゃなかった……。澄香は激しく後悔した。立ち聞きなんて最低の行為の代償に、知りたくないことを知ってしまった。

一体彼女の姉に何があったのか。仁は何故京都を去ることになったのか。

それを知るのは恐ろしかった。

パチパチと弾ける音がし、火薬の匂いがつんとくる。闇に細かい火花が散って、ぽうと葵の顔を照らした。

線香花火はアスファルトの地面にぽとりと落ちた。

「あーあ。終わっちゃった」

まだ残光が見えるが、辺りにあるのはより深い闇だ。桜子の自宅まで荷物を運ぶため、仁は車で彼女を送って行っている。澄香は葵に誘われるまま、店の前で花火をしていた。

葵はきちんと膝をそろえ、しゃがみながら次の花火に火をつける。ぱちぱち弾ける糸のような光を見ながら、彼女は言った。

「ねえ、山田さん。仁お兄ちゃんのこと、好きなん?」

「え、葵さん。何言ってんですか。私はただの助手ですよ」

あははと笑ってごまかそうとするが、葵はこちらを見ずに続ける。

「別にどうでもいいけど……。やめた方がいいと思うよ。自分が傷つくだけやし」

藤村にも同じようなことを言われたなと澄香は思った。そんなにも可能性がなさそうに見えるのだろうか。

「でも、葵さん。人を好きになるって、そんなものなんですか？　やめた方がいいからってあきらめられるもの？」

澄香の言葉に葵はびっくりしたような顔をあげる。

じじっと音がし、火が消えた。闇に煙がかかり、青っぽく見える。

しんとすると、あちこちから虫の声が聞こえてきた。

「そうだよね……。うん。それはそうだわ」

葵がスカートの裾(すそ)を気にしながら、立ち上がりつぶやく。

「けどね、あの人は好きになったらあかん人やから。山田さんも私も誰も、あの人を好きになったらあかんのよ」

葉月(はづき)、晩夏の夜。月明かりを浴びて、フェンスに巻き付いたヨルガオの花が白く浮かび上がっているのが見える。

澄香は駅に向かって歩きながら、謎めいた葵の言葉の意味を考えていた。

長月（ながつき）

月夜の宴（うたげ）の丹波蒸し

萩(はぎ)、薄(すすき)、葛(くず)、撫子(なでしこ)、女郎花(おみなえし)、藤袴(ふじばかま)、桔梗(ききょう)。秋の七草だ。

「骨董・おりおり堂」にあるカフェスペース、通称「歳時記の部屋」で、澄香はオーナーの桜子に教わりながら、七種の花を活けていた。

薄は元より、七「草」というだけあって、どれも花と呼ぶよりは雑草のイメージが強い気がする。桔梗や撫子辺りを除けば、そもそもが都会ではあまり見かけない花ばかりだし、仮にどこかで咲いているのに遭遇しても、目にもとめず通り過ぎてしまうような地味な姿だ。

まだまだ残暑は厳しく、昼間の陽ざしなど夏のままだが、空を見上げれば、青空と白い雲の織りなすくっきりした真夏のコントラストから、どこか淡い色合いへ変わっている。朝夕に吹く風が秋の気配をまとい始める季節には、ひっそり咲くこんな花々が似合うのだろう。

夏から秋へと、確実に季節は移ろいつつあった。

しかし、「おりおり堂」には夏の忘れ物が残されている。真夏に現れた幽霊が帰るのを忘れ、そのままここに留まってしまっている感があった。

今野葵。葵は料理人の仁が以前修業をしていた京都の老舗料亭こんのの跡取り娘で、先月、突然押しかけてきたのだ。彼女の目的は京都に仁を連れ帰ること。目的を完遂するまでは、絶対に帰らないそうだ。

もっとも、仁に「いっしょに京都に帰って」と厨で詰め寄って以来、葵はこれといった行動を取っていなかった。だが、じわじわと真綿で首を絞めるように圧力をかけ続け、仁が根負けして折れるのを待っているようにも見える。これも刺客の業か。

葵は二十四歳だ。とても可愛い。おまけに、澄香にはまったくないものを持っていた。

たとえば、ある種の教養だ。

桜子を相手に、秋の七草について詠まれた歌の話をしていた彼女は、つと澄香を見て訊く。

「山田のお姉さんはどんな歌がお好きどすか？」

ここで葵が言う「歌」とは、歌謡曲やJ‐POPのことではない。それは分かるが、しかし澄香は答えるべき知識を持たなかった。

「あーそうですね。私、春の七草は知ってましたけど、正直なところ、秋に七草があるのも知らなかったぐらいで……。お恥ずかしいです」

桜子に対して言ったつもりの澄香の言葉に、葵は「ひゃあ」と声をあげた。

「いやぁ、そうどすかあ。山田のお姉さん、知りはらへんかったんどすか。そら、すんまへんどしたなァ。ウチ、そんなん常識やと思うてたもんやから。憶良はんも詠んでいやはるし」

と一見、申し訳なさそうに言うのである。

一瞬、オクラはんて誰だろう？　と思ってしまった。

「いえ、そんな。私が無知なので」と答えながら、澄香は何故だ？　と首を傾げた。

そりゃ万葉集など、言葉を聞くのも大学入試以来の気がするが、だからといって、何ゆえに、自分で自分の無知をさらす事態に陥っているのだろうか？

葵のこの京都弁がくせものだった。京都ではどうなのか知らないが、こちらへ来てから、通常葵はほぼ標準語に近い話し方をしている。特に仁に対しては、はつらつとした若い女の子そのものの喋り方で、時々、うっかり京都訛りが出ちゃいましたー、という感じだ。

しかも、その時々現れる京都訛りは何ともおっとり、かわいらしく響く。モテ方言、第一位。そんな彼女がディープな京都弁を持ち出してくる時、それは高確率で澄香に対するいやがらせが含まれている。

――ような気がする。

いやいや、山田澄香、三十二歳。こんな小娘のいいようにされていてどうする。さあ今こそアラサーの貫禄を見せてやれ！　自らをそう鼓舞したいところではあるが、ここを頑張ってしまうとろくな目を見ないのは実証済みだ。これまで以上に挙動不審に磨きがかかってしまいそうだ。

「おくらはんて、葵さんのお友達どすかぁ？」ぐらいのことは言ってやりたいが、さらに墓穴を掘って刺客にとどめをさされそうなのでやめておく。

秋の七草。ぶちぶちと余分な葉っぱをちぎる澄香に、葵が上からかぶせるような物言いで言った。

「いやぁ。山田のお姉さん、そんなんしたら、お花がかわいそうや。ちょっと貸しとくなはれ」

そう言って、澄香の手から葛の花を奪い取る。

「何でもかんでも取ったらええというもんやないんと違いますか？　お花本来の立ち姿を生かしてやらんと、こんなんただのハゲちょろけや」

「はあ……すいません」

ハゲちょろけ……。ハゲにちょろけ。ハゲちょろけが何かは知らんが、一体アナタにハゲちょろけが何をしたの？　と言いたくなるほど、憎々しげな発声で葵は言うのである。

「ウチに謝ることと違いますえ。お花に謝らな」

すいませんでしたーっと花に向かって言いたいところだが、大人げないのでやめておく。葵の言うことは正論なのだ。

「葵さんは、お花を習ってらっしゃるのね？」

にこにこと笑いながらやりとりを見ていた桜子が訊いた。

「はい、子供の頃からお稽古に通うてます。せやけど……」

ここまでをゆっくり言って、はんなりと首を傾げる。

「なんやお恥ずかしいどすわ。ウチなんかほんまに基本しかできてませんねん」

すいませんね、その基本すらできてなくて――。澄香は何とも居心地悪く、思わず顎を掻いた。澄香は周囲の女性たちの女子力に合わせる擬態の一環として、フラワーアレンジメントを習いに行ったことがあるが、あれとはまったく別物だ。和の心と言うか、わびさびと言うか。とにもかくにも精神論がまったく違う。比べるのもおかしな話だが、桜子の作り上げた「おりおり堂」にどちらがふさわしいかと言うと、これは明白だった。

「桜子お母さんみたいにさりげないけど、お花のことをよぉう分かってらっしゃるお人が入れはったんを見たら、ああ、ウチなんかまだまだやなぁと思います」

そう言って葵は、しおらしく、ぱちぱち瞬きをするのである。

うーん。まったく非の打ち所がない。——この刺客、敵ながらあっぱれの攻撃力だ。ひと思いに息の根を止めるのではない。じわじわと意地悪く地味なダメージを与え続けているのだ。ぜひ言いたい。もしもし、おじょーはん。私に対するのと態度が違いすぎまへんか？ うろんな関西弁が脳内に渦巻く。

そういえば、こんな図式、前にもあったっけなあ……。

澄香は葵が活ける葛の花を眺めながら思いだしていた。いつだったか、新入社員に葵と似たタイプの子がいて、派遣ながら彼女の教育係を仰せつかった澄香は大変な苦労をさせられたのだ。

その子は最初から澄香を軽（かろ）んじていた。理由はカンタン。澄香が派遣だからだ。澄香を小馬鹿にしつつ、ちゃっかりエライ人のふところに飛び込んで、自らの地盤を築いていく戦法だ。

したたかな女。とても太刀（たち）打ちできない。まあ、する気もなかったが……。

澄香だって、派遣でなければ正面きってぶつかっていただろうが、あの時の立場でそれをやっても何の得にもならないどころか、自らの立場を危うくしかねなかった。

純粋だった中学の頃から幾年月。いつの間にやら小ずるい大人になったものだ。

フフッとニヒルに笑う澄香に、葵が気味悪そうな顔をしている。

葵は通常、出張先にはついてこない。先月、お寺でおこなわれた暑気払いの宴や、人数の多いパーティーには顔を出し、手伝ってくれたが、そもそも彼女は雇われているのではないので、「善意」のボランティア扱いだ。その善意によって、澄香の立ち位置を壊滅的なまでに破壊することもまた、彼女の計算の範囲内——のような気がして怖い。

何より葵は、一般家庭の台所をお借りして料理をするという「出張料亭・おりおり堂」のスタイルそのものが許せないようだった。そして、その不満をぶつける先は澄香だ。

「よろしおすか？　料理人の作る料理は、家庭の奥さんが作るモンとは違います」

そこにお座りなはれといった感じで説教をされている。

「はあ……」

それはそうですよねと、うなずく澄香に葵は厳しいまなざしを向ける。

「どこが違うんどす？　説明しとくなはれ」

ええー。なんで私が、と思いながら澄香は言った。

「うーん。やっぱりお金をいただくわけですから、プロの技というか……おいしいのは当然だけど、普段、家庭ではできないようなものをお出しするというか……ですかね？」

「そうどすかァ」

うなずく葵。

「さすがは山田のお姉さんや。ええこと言わはりますなァ」

葵は愛らしい顔でにっこり笑うと、「ほな」と言った。

「そのプロの技て、ちぃちゃいお家のお台所で発揮できますのん？」

笑顔そのまま、言葉の響きは氷点下だ。

「うーん。まあ、それは……」

たしかに、中にはここでどうやって何を料理するのかと問いたくなるようなキッチンもあるにはあった。ただでさえ狭いところに、物がいっぱい置かれていて作業場所がないとか、はたまた何十年も掃除をしたことがないのではないかと思われるような凄まじい状況に出くわすこともあるのだ。

「いややわあ……そないな場合、どないしますのん？」

ぷるぷるとショートカットの頭を振りながら葵が訊く。

「まず作業場所の確保ですかね」

実際、あらかじめ前日に掃除をしに出かけるようなケースもあるのだ。

葵はキッと澄香を睨んで言った。

「あんた、まさか仁お兄ちゃんにそないなきちゃないお台所の掃除をさせてるんやないやろね」

「いや……そりゃ私だって、仁さんにはお料理に専念してほしいので、なるべく私がやるようにはしてますけど。でも、仁さんて、そういうの黙って見てられる人じゃないじゃないですかぁ」

　本来、出張料亭は仁が主役の舞台だ。仁本人に言わせれば「お客様が主役だ」となるのだが、仁にひそかな恋心を抱く澄香からすれば、毎日、最高の舞台を特等席で見ているようなものなのだ。いや、恋心などなくたって、彼ほどのイケメンが真摯に料理に打ち込む姿を見るのだ。まさに眼福。裏方に甘んじることこそ幸いというものである。彼が動きやすいよう常に気を配っておくべき役割だ。その舞台に自分が出ていくことはない。つまり、料理に手を出すことは一切できないということだ。

　八月の終わりから、ふたたび仁による料理教授を再開してもらっていたが、澄香はあいかわらずできの悪い弟子だ。様子を見に来た葵が「フンッ」と鼻先で笑って去って行ったようなありさまで、まだまだ何もできないに等しい。というか、いっそマイナスと言ってもいい気がする。

　しかし、それが掃除となれば話は違った。打ち合わせに出かけた先が、とんでもない〝汚台所〟だったなら、依頼自体を断ってもいいような気がするが、仁はよほどのことがない限り、依頼を受けてしまう。

　この場合、さて掃除をどうするか、となるわけだが、澄香はそんな状況が嫌いではなかった。もちろん、うんざりはするが、大抵は腰の重い依頼主を巻き込んで、ゴミを片付けたり、レンジ周りのベタベタした油汚れを掃除したり。正直、なんでこんなことまでこっちがやらなければならぬのかと思わないでもなかったが、仁といっしょにやるならば、苦役の時間もまた甘い。しかも、料理とは違い、〝汚台所〟の前では自分たちは対等なのだ。仁と二人での共同作業と言ってもいいだろう。なんというか、二人の新居（!!）を大掃除しているみたいな、文化祭の準備をしているような楽しさがあった。

ウン。そうなんだア。葵ちゃんは知らないだろうけど、二人の世界なんだよー。

あ。今だわ！ と澄香は思った。

葵が来てから気圧されっぱなしの毎日。厚かましいのは承知だが、今こそ一矢報いる時だ。

「何てのかなぁ、ああいう時の仁さんて、すごく優しいんだよねぇ」

澄香の言葉に、葵の顔がぎゅっと歪む。

ははは。言ってやった。澄香は内心快哉を叫びつつ、アラ、私、何かヘンなこと言ったかしら？ と思っている。

「せ、や、か、ら」

葵はテーブルをばんばん叩きながら言った。

「なんで、そないなことを仁お兄ちゃんがやらなアカンのか、言うてんの。何ぬるいこと言うてんのよ。前にも言うたけど、あれほどの腕を持つお人に掃除やて？ アホなこと言わんといて」

「え。でも、料亭の板場？　って言うんでしたっけ。やっぱり料理人さんが掃除するんですよね？」

「そんなんあたりまえやん。せやけど、それは自分らの使う板場やから、や。どっかの怠けモンの主婦が汚した台所といっしょにせんといて下さい」

「はあ……。それもそうですね」

けど、と澄香は葵に向き直り言った。

「それ、私じゃなくて仁さんに言われたらどうです？　私が四月にここに来た時にはすでにこの形ができあがってたんですけど」

葵はいらいらと首をふった。

「ホンマになんでなんやろ。なんであの人がこんな……」

葵はふと何かひらめいたような顔をした。

「山田さん、京都時代のお兄ちゃんの話、聞きたくない？」

「う、それは……」

聞きたい。ぜひ聞きたいが、果たして聞いていいものなのだろうか？

前に厨で仁と葵が話しているのを立ち聞きする格好になってしまい、澄香はすごく後悔したのだ。仁のことなら何でも知りたいと思う反面、彼の過去にはとんでもないものが潜んでいそうで怖い。

いや、違うか……。澄香は考えていた。

多分、仁本人以外の口から聞くことに罪悪感があるのだ。

「じゃあ、仁さんが京都でどんな料理人だったのか教えてくれます？」

澄香の言葉に葵がうなずく。にたりと黒い笑顔を浮かべた。——ように見えたのは気のせいだと思っておく。

「仁お兄ちゃんはなァ、絶対にあんたが思うてるような人やないと思うわ」

葵は声を落とし、囁いた。聞き漏らすまいと思わず身を乗り出し、耳を向ける。

「それって、どういう……？」

「一言で言うたら、もっともっとカッコ良かったんよ」

仁さんが、あれ以上かっこいい？

首を傾げる澄香に向かって、というよりは宙に向かってつぶやくように葵は話し始めた。

御菓子司玻璃屋の主人、松田左門が月見団子を持ってやって来た。

九月八日。今夜は中秋の名月だ。

何となく、九月十五日がその日にあたるようなイメージを持っていたが、そうではない。

旧暦の八月十五日にあたる日を中秋と呼ぶのだそうだ。年によって、三週間もの開きがあり、今年はずいぶん早くその日が訪れる。中秋の名月の日が必ずしも満月ではないというのも澄香にとっては驚きだった。

縁側に月見団子をのせた三方と秋の七草を活けこんだ古い白磁の壺が飾られている。その両サイドに分かれ、縁側に腰掛ける形で月を見上げる。桜子と仁、その隣にいるのは葵だ。澄香は左門と並んでいた。

りーんりんと澄んだ虫の音が聞こえる。みんな、何も喋らず、月を見ていた。

飽きないものだなあ……。ちょっと不思議な気がする。こんな風に何もせず、何を喋るわけでなく、ただ月を見上げ、時間を過ごすなんてこと、今までにしたことがない。すぐに飽きてしまいそうなものなのに、満月近い丸い月はいくら見ても見飽きることがなかった。

墨を流したような空の色、月にかかる雲。雲の周囲は月の光を受けて、青白く光っている。雲が晴れると、庭の木々が照らされ、驚くほど明るい。

左門が杯にお酒を注いでくれた。「杯に満たした酒に月を映して飲むのもまた一興」なのだそうだ。

「それにしても今年は中秋の名月の早いこと。菊のお節句と重なりますなァ」

濃厚な京都弁バージョンで葵が言った。

「菊のお節句……って？」

耳慣れぬ言葉に思わず聞き返す。

「はぁら。山田のお姉さん、知りはらへんのどすか？」

葵はさも驚いたように目を丸くし、「いやぁ」と声をあげた。「京都だけのモンやろか」

華奢な肩をすくめ、不思議そうに言う。

「いンや。菊の節句といや、重陽のこったろ？　こっちでもあるぜ」

左門が月を浮かべた杯を揺らしながら答える。

桜子が、おほほと明るい笑い声を上げた。

「桃の節句や端午の節句とは違って、なかなか普段の暮らしにはなじみがありませんものね。みなさんあまりご存じないのよ」

おぉう、と澄香は思った。これはオーナー、私に対するフォローをして下さっている。

そして、ここにいる私以外の人はみんなご存じであると……。

恥じねばならぬ。恥じねばならぬが、一体こういう教養を人はどこで身につけるのだろう。学校では教えてくれなかった。となれば、育ちか。私は帰国子女なので日本文化に詳しくなくてぇ、と心の中でつぶやいてみるが、澄香は立派に日本生まれの日本育ちだった。

九は陽を表す数字で、それが二つ重なるから「重陽」。菊を用いて邪気を払い、長寿を願う日だそうだ。

まったく無知をさらすばかりで情けない日々である。

「そうだよな。大体、九月のこんくれぇの時期ってのぁ、今じゃまだ夏みたいなもんだからな、そもそも菊の花にも早ぇだろう」

「そうどすなあ」

左門の言葉に葵がうなずく。

「せやけど、京都では今夜から菊に綿をかぶせて明日に備えるんどす。こちらではしはりまへんか？」

菊に一晩綿をかぶせて置いておき、翌朝、その露を含んだ綿で身体を清めると、不老長寿になるとの言われがあるそうだ。

「まあ、楽しそう」

桜子が華やいだ声をあげた。

「でも、今夜、これからじゃ菊が手に入りませんわね。旧暦の九月九日にやってみましょうかしら」

旧暦ならばだいたい今の十月にあたる。ちょうど菊の季節なのだ。

縁側から室内へ移動する際、葵が澄香に並んで耳打ちした。

「残念やわあ。ウチと仁お兄ちゃん、旧暦の九月九日までここにいるかどうか分からへんし」

「葵さんはそうですよね。でも、仁さんはここに残るんじゃないですか？」

あんた一人でとっとと京都へ帰れええ——。

内心念じつつ言うと、葵は「ひぃやあ」と声をあげた。

「きっついお人やわぁ」

「いやいや、葵さんほどでは」

「ひやっ、やらしぃこと言わはる。山田のお姉さん、ウチのこと嫌うてはりますんやろ」

涙声を作り（絶対に嘘泣きだ）みなに聞こえるように声を張りあげるのだ。

あたりまえじゃー！　と叫びたいところだが、我慢した。

そうよ、澄香。まずは落ち着け。これは挑発。葵と同じ土俵にあがってはいけない。自分が葵に勝てるものは年齢の多さだけなのだから。そうだとも。私が小学校に入って、九九を習っている頃に葵は生まれたのだ。澄香は頭の中で九九を唱え、どうにか冷静さを保つ。

「スミちゃんよ。この前のこたぁ、本当にすまなかったな」

厨へ続く廊下で、左門が言った。お寺で催された暑気払いの宴のことだ。左門とは、あれから何度も顔を合わせているのだが、大抵朝の慌ただしい時間だったり、他の人が近くにいたりで、ちゃんと話をしたことがなかった。

「あの野郎、まだ何か言ってきてやがるかい？」

「あー……」

夏の置き土産は葵だけではない。もう一人、なごりの亡霊のような存在がいた。

藤村公也。左門の学生時代からの友人という男だ。藤村は暑気払いの宴で出会った澄香に対し、異様なまでの執着を示していた。

正直なところ、彼もまた刺客なのではないかと澄香は考え始めていた。

もちろん、刺客といっても実際に澄香を殺しにかかっているとかではないのだが、そうとでも考えないと納得できないほど彼の振る舞いは奇妙なものだった。

藤村はいい男だ。全身から匂い立つような男の色気がある。洗練された物腰。仁とはまた違ったタイプの美丈夫だ。

藤村はあれから何度か電話をしてきて、澄香を誘った。個人の携帯番号を教えたわけではないから、かかってくるのは店の電話だ。

「すみません。何度おかけいただいてもお誘いに応じることはできません。店にも迷惑ですので、もうかけてこないで下さいませんか」

何度目かに澄香がそう答えると、彼はしばらく考え、言った。

「じゃあ最後に一つだけ。君は僕を拒絶しなければならないものだと頭から決めてかかってるようだけど、それは何故？　聞かせてもらえるかな」

「何故って……」

あなたほどの人が私なんかに興味を示すなんておかしいとか、私にはそんな価値はありませんとかいう答えは散々返した後だ。

その度に彼は、困ったように笑い、どうして君の自己評価がそれほど低いのか僕には分からないというような言葉を口にするのだ。

店内には渋いジャズが流れているし、常連さんや桜子たちの楽しそうな話し声も聞こえる。澄香は受話器を持ったまま後ろを向いて、小声で言った。

「私には好きな人がいますから。藤村さんのお気持ちには応えられないんです」

「仁さんね」

藤村は電話の向こうで、ふっと笑った。

「あなたたちが付き合ってるならそうだろうけど、違うでしょ。何も彼に義理立てすることないじゃない」

そう言われては返しようがない。

「いや、でもですね……」

「まあ、すぐにとは言いません。でも僕は諦めないから」

澄香の話を聞いていた諸岡はフーンンと何とも言えない節回しで相づちを打った。

「そりゃ山田。そっちのおじさんの方が買いだろう。アタシならそっちを取るね」

諸岡みうは高校時代の友人だ。

一昨日の話になるのだが、その翌日（つまり昨日）は「骨董・おりおり堂」が定休日、「出張料亭」の方も予約が入っておらず、時間のかかる仕込みなどもなかったことから、休みと決まった。その瞬間、反応したのは葵だった。

「仁お兄ちゃん！　葵、谷根千（やねせん）に行ってみたいの。ね、いいでしょ？　連れてって」

きゅるるんと可愛らしく、首を傾げて言うのである。ひーとーりーで行けよ。と後ろで呪（のろ）ってみるが、効果はなかった。

仁は少し考えるようなそぶりを見せたものの、「分かりました」とうなずいている。

そうなのだ。十年間修業した料亭のお嬢さんといえば、恩義ある相手。律儀な彼に断れるはずはない。ある意味、お願いという名の強制だ。だが、しかし、だが、谷根千。危険だ。それはどう見たって、デートではないのか？　しかも、超絶イケメンとお人形のように可愛い二十四歳。何ともお似合いではないか……。

澄香は、ぐむむと歯噛（はが）みした。

そもそも、澄香でさえ仁と二人で歩いていると、人目を惹く。もちろん、注目されているのは仁の方だ。時折、「え。彼女フツー」などと聞こえてくることがあった。

こう言われるのは複雑な気分だ。きゃっ。私、仁さんとカップルに見えるんだ——と思う反面、同時に仁の隣にいるのが澄香では役不足、いやそれは誤用か。力不足、つまりイマイチ不釣り合いだと思われていることを改めて突きつけられる気がするからだ。その点、葵ならば文句ナシだろう。言いたくないが、仁の横に立って釣り合うレベルの女はそうそういない。葵はその数少ないレベルの希少種なのだ。

いやいや、しかしね。出来すぎたカップルも面白くないんじゃないの？　ってかさ、何も二人で行くことないんだよねー。もう一人、ここに人員が居るじゃないですかぁ――。山田もいっしょに行くか？　という仁の言葉を期待したのだが、ついにそれは聞かれず、悶々とするうち、時間が過ぎてしまった。

この二人、それきり話をしないのである。話にも出ていないものを、今さら、「あー私も行きたい！」とは言い出しにくかった。

こういうのはいざという時の反射神経がモノを言うのである。いや、しかし仮にそこで無駄に素早い反射神経を発揮したとしても、それはそれで痛い事態に陥っていた可能性も否定はできない。ここで自分が参入しても意味不明の付添人になるであろうことは火を見るよりも明らかだった。

翌日、危険な谷根千デート当日。せっかくの休みを悶々と過ごすハメになった澄香は居ても立ってもいられず、片っ端（かたっぱし）から友人に連絡した。だが、平日の昼間の急な呼び出しに引っかかってきたのは諸岡だけだったのだ。

諸岡は仕事でヨーロッパと日本を行ったり来たりしている多忙な女だ。友人の中でも格別のレアモノを引き当てた感がある。久しぶりに会うのが嬉しい反面、今の澄香の気分からすると、正直イマイチな人選ではあった。

実は、この諸岡みう。可愛い名前に似合わず、目的のためには手段を選ばぬ豪腕の恋愛ハンターなのだ。かねがね友人間では〝猟師〟と呼ばれ恐れられていた。視界の隅をインパラか何かの首根っこをくわえて、だーっと走り去っていくイメージだ。恋愛不全のゾンビ女である自分とこいつが何故友人関係を結んでいるのか、正直なところ澄香自身にも分かりかねた。

そんな恋愛ハンターにゾンビの分際で恋愛相談をするのは、豹に肉じゃがの作り方を聞くようなものだろう。そもそも生きている世界が違いすぎるのに、相談のしようもないものだ。

――と思ったのだが、澄香の話に諸岡はがぜん興味を示した。

「ほほう。それは興味深い」などと言いつつ、昼間からやっている一杯飲み屋のテーブル代わりの樽(たる)の上に肘(ひじ)をつき、諸岡は仁と澄香を取り巻く人間関係を手帳のページに図式化し始めた。諸岡はマネージャー職が長いので状況分析に長(た)けているのだ。

で、彼女の口から出て来たのが「おじさんの方が――」のセリフだったわけである。

「えー、なんで？」

「だって、その仁さんての、めんどくさいよ。なーんか岩っぽいし。アタシはイヤだ」

熱々の大阪風どて焼きを、はふはふ言いながら囓り、きゅっとコップの冷酒を呷ると、諸岡はつぶやいた。

「岩て……」まあ、そうかも。

「まあ、あんたのめんどくささも正直カビが生えそうだけどな。めんどくさすぎて一周回って嫌いじゃないけどさ」

「それはどうも」

どて焼きは牛すじ肉を味噌などで煮込んだものだ。この店では牛すじとこんにゃくを串に刺したものに青ネギを山盛りにして出してくれる。ここに七味を好きなだけかけていただくのだ。

口に入れるとひたすら熱く、よく煮込まれた牛すじの、味噌をまとったちょっとビーフシチューのようなゴージャスな味わいに、ネギの香り、七味の辛さなどが渾然一体となって、たまらない。

妙に納得しながら澄香は言った。

「けど、ちょっと意外だわ。諸岡なら、難しい方に挑むんだとばかり思ってた。難攻不落の岩なんて挑み甲斐があるのでは？」

「あーなんか最近めんどくさいのイヤなんだよねー。やっぱ三十超えるとさ、人間ラクな方に流れるのかも」

それにさあ、と諸岡は酒のおかわりを注文し、続ける。

「毎日ラテンの男なんかに囲まれててみ？　そんな武士っぽい日本男子の攻略とか、考えるだけで眉間にシワ寄るわ」

仁さん、武士っぽい日本男子か。言い得て妙だなと、澄香はうなずく。

「ラテン男ってどんななの？」

「うーん。こっちから狩りに行かずとも、自分で自分にオリーブオイルかけて、おいしくなって向こうからやって来る肉？」

「肉なんだ」

「うん。で、アンタの仁さんとやらは岩だからね、動かないし固いし。悪いことは言わないよ、おじさんにしとけ」

「いや、だからさ。あの人は刺客だし。そもそもスタートが間違ってるんだってば」

「ああ、亡き奥さんにアンタが似てるってんでしょ？」

諸岡は、いかゲソを一本つまみ上げながら「いいじゃん別に」と言った。

「まさか、山田。あの人が私を愛するのは、亡き奥さんの面影を見てるからなの。私を愛してるんじゃないわっ。とか言う気じゃないだろうね。って、どこの少女マンガだよ」

うわあははと諸岡はのけぞって笑う。

「いや。でも、実際そうだし」

「んじゃ訊くけどさ、その件がなくて、単純におじさんがアンタを気に入って猛プッシュしてきてる状況だったらどうすんの？　そっち行く？」

「いやあ？　どうだろう……」

「聞いた感じじゃ、仁さん、ワケありだよね多分。本人が結婚しないって言ってんでしょ。望み薄なんじゃない？」

うーむと澄香はうなる。もしかして……なんて思っていた淡い夢を一刀両断に切り捨てられてしまった。

たしかに、ここで「大丈夫だよ、いけるって」とか無責任なことを言って煽りあったのは十代までだ。そんな付き合いではここまで友情が続かない。三十過ぎると、互いの腹芸などお見通しなのだ。ならば、そんなもの最初からしない相手の方がよほど付き合いやすい。

「でもさあ、私、やっぱり仁さん好きなんだよね。いや、だからって別にどうこうなりたいってわけじゃないんだよ。陰ながらお慕い申しております的な？　それでもいいかなって」

「おい、カビ女。陰気な胞子をこっちに撒いてくんじゃねえよ」

諸岡に叱責されて澄香は思わずため息をついた。

線香花火をしながら葵が言っていた言葉を思いだす。

——あの人は好きになったらあかん人やから。山田さんも私も誰も、あの人を好きになったらあかんのよ——

どういう意味なのか今もって分からない。単なる牽制なのかもしれない。自分も好きになってはいけないと言いながら、葵だって仁のことが好きなのは明白なのだから。

「山田様」

諸岡がじっとこちらを見ている。彼女はことりとコップを置いて、気取った顔になって言った。

「残念ですが、それは五年ばかり遅うございます」

「五年？」

諸岡がうなずく。

「アンタがカビとして一生送るっつーなら、ロッククライミングでも何でもして岩に貼付いてりゃいいよ。だけど、婚活してるって言わなかったか？」

「あー、うん……」

正直なところ忘れていた。

「そして、今の状況は長くは続けられない」

「そうでした」

つい居心地が良すぎて忘れそうになるが、現在の澄香の状況を客観的に見れば、『三十二歳、独身。アルバイト店員。貯蓄は危険水域』なのである。

自分で考え、気を失いそうになる。今、あの息苦しくも腹立たしい婚活市場に戻ったら、以前よりさらに価値が下がっているはずだ。

諸岡はデキる女っぽい緑の尖ったメガネをずり上げつつ続けた。

「涓滴岩(けんてき)をうがつって言うからね。二十年もすれば、仁さんも気が変わってアンタの方を向くかもしれないけどさ。そん時、アンタ、いくつよ？」

「五十二かな」

奇(く)しくも藤村ぐらいの年齢だ。それにしても、二十年とはまたひどい。

澄香の抗議に、諸岡はちっちと指を振った。

「よろしいか？　まず第一にアンタが押さえておくべきなのは、恋愛と結婚は別だってことよ」

「はあ……。そうなん？」

「そうだよ。そりゃ、まれにそれが両立するパターンもあるけど、そんなの、ごくごく一時的な幻みたいなモンだから、まず存在しないと思って間違いない。いい？　この二つは基本、塩と砂糖みたいなもので、似てはいるけど、根本的に別物なの、目的がね。いや、味をつけるって目的は同じだけど、つく味は正反対でしょ？　そういうことだよ」

何だかよく分からないが、すごい含蓄のあるお言葉だ。

「さすが、恋愛ハンター、諸岡師匠。味わい深いな」

諸岡はうむと尊大にうなずいた。

「そう考えてみると、アンタ、今回の物件がいかに優良なのか、おのずと分かってくるでしょ」

藤村のことだ。

「ほれ山田っ。ターゲットの資産状況を報告」

お仕事モードでビシッと振られ、澄香はあーと間抜けた声をあげた。

「よく分かんないけど、お金持ちみたい」

「でしょ？　そんで、妻とは死別、子供なし。これって、もしアンタが子供を産めば、その人に何かあっても財産全部、アンタたちの取り分ってことだよ」

「はあ」

そこまで考えているのか我が友よ……。自分と立ち位置が違いすぎてくらくらした。こんな女が恋愛市場を牛耳(ぎゅうじ)っているのだ。勝ち目などあろうはずもない。

完全に気圧されている澄香に、諸岡は畳みかけるように言った。

「しかも、男前なんでしょ？　猛プッシュでしょ？　山田さあ、婚活市場ふり返ってみな。そんな優良物件、他にいたか？」

「あー。いなかった、たしかに。私の周りはなんか澱んだ沼みたいだったし……。けどさあ、諸岡。そんな条件ばっかで人を見るってどうなのよ?」

諸岡は、「アラ、心外」と肩をそびやかした。「だがね、山田。婚活ってのはずばりそういう世界なんじゃなかったか?」

そういえば、そうだった。

そして本日。昼間から、今夜の料理の仕込みをしていた。今日は「おりおり堂」内輪の会食だ。月を見ながらみなで食事をする、いわばまかないの延長なのだ。お客様にお出しするのではないから、ずいぶんと気が楽だ。よそのお宅のキッチンではないから大掃除の必要もないし、勝手も分かっている。

仁は澄香に料理を手伝わせながら、色々と細かいことを教えてくれていた。里芋、茄子、枝豆。お月見のお供えにする野菜だ。

まずは焼き茄子。焼き網で黒焼きにした茄子を氷水にとり、丁寧に皮を剝いていく。この大役(?)を仁が澄香に任せてくれた。

「手早く、だけど慎重にな」

仁に言われ、茄子の入った氷水に指を入れて皮を剝く。

「あつっあつっあつ」

取りだした茄子はところどころ熱く、指が水ぶくれになりそうだ。それでいて、氷水は冷たいのだから、次第に指の感覚がなくなってくる。ほどよく焼けた皮を引っ張ると、つるりときれいに剝がれた。

「わあ、面白いですね」

仁がうなずく。

「焼き方が足りないと、なかなか剝けなくて身がぼろぼろになったりするから。加減をよく見る」

「はいっ、師匠」

「師匠はやめろ」

皮を剝いた茄子は、醬油と味醂で味を付けた出汁につけて、そのまま冷蔵庫で冷やしておく。

月が出る頃には食べ頃だ。

香ばしく焼けた茄子は出汁を含み、とろりと柔らかい。おろし生姜と鰹節をかけていただく。まずは削り立ての鰹の香りが鼻腔をくすぐる。続いてしっかりした茄子の風味と出汁の味、つるりとした舌触り、生姜がぴりりと辛い。

「ああ、これはうまい……」

嬉しそうにうなずいたのは、まさかの人物だった。

仁と葵の危険な谷根千デートは、果たしていかなる首尾に終わったのか。

昨日、おそるおそる澄香が「葵さん、谷根千どうでした？」と訊ねたところ、葵は「どうもこうもありまへんえ。暑いし、人多いし、しょせんは江戸以降の浅い歴史やないの」と不愉快そうに答えていた。それでいて、仁の姿を見つけるやいなや、「お兄ちゃーん。昨日、ありがとぉ。すっごく楽しかったー。葵、谷根千、大好きぃ」と甘い声をあげたのだ。恐るべし京女。

見るともなしに見ていると、昨日一日、葵はしきりに何か考えているようだった。一見無邪気そうな笑顔でにこにこしながらも、ふとした瞬間、難しい顔で考え込んでいるのである。

これは仁を京都に連れ帰るための説得工作が不首尾に終わったとかそんなカンジか……。

仁や桜子のいないところでは超絶不機嫌な葵に当たられながら、澄香は考えていた。で、ゆうべになって、とつぜん葵が言ったのだ。

「桜子お母さん。明日のお月見に、私の東京のお友達、呼んでもよろしいやろか？」

澄香には決して見せない遠慮がちな（ような）態度で、である。

「あら、もちろん」

「わァ、嬉しい。ごめんなさぁい。内輪の集まりやからダメって言うたんですけど、友達がどうしても行きたいっていうモンですから」

「大勢の方が楽しくてよ」などと、桜子は言っていた。

誰もが葵の同年配のお嬢さんがやって来るであろうことを予期していたのだが、当日、少し遅れてやって来たのは、まさかのお方だったのだ。

「なかなかいいお店だ。そして、マダム。これほど美しい方がこの街にいらっしゃるとは知りませんでしたよ」

「あら、お上手ですこと」

「どうぞお見知りおきを」

そう言って、胸に手をあてた格好で騎士然とお辞儀をする。

キザが絵になる伊達男（だておとこ）、藤村公也その人だった。

「やいやいやい、なんでおめえがのこのこやって来やがるんでぃ」

呆然と目の前の光景を見ていた左門が我に返ったように言う。

「なんでって、こちらのお嬢さんにご招待いただいたものだから」

藤村は葵を指し示す。

「葵さん、東京のお友達って……」

「ええ。私、藤村さんとお友達になったのよ」

結託したのか、刺客が二人。本当にこの二人が刺客だとしたら恐ろしい状況ではないか。我知らず、不穏な感情が表に出てしまっていたのか、葵は澄香の顔を見直すと、わざとらしくゆっくり言った。

「あぁら、山田のお姉さん。なんぞ都合の悪いことでもおましたやろか」

すまなそうな顔を作るのがまた小憎らしい。

「い、いいえ。そういうわけじゃないんですけど、ちょっと意外だったもので」

ひきつりながら答える澄香に、葵はにっこり笑って続けた。

「あ、ご心配のぅ。私たちのはただの友情。恋愛とかそんなんやおへんさかい、どうぞ安心しとくなはれ」

何をどこに安心しろと言うのだ。あっ、ほらー、事情を知らない桜子が「まあ?」と首を傾げているではないか。彼女の策略に負けてはいけないわ、澄香、と自らを励まし、澄香は言った。

「あ、いいえ、そんな……。あなた方のが恋愛だろうが友情だろうが、私はぜんぜん構いませんので。平たく言うと、関係ないって言いますか……」

「それはまた、ずいぶんとつれないいね」

藤村が澄香の手を握り、言う。

「ケガはもういいのかい？　ああ、可哀相に。まだ傷が残ってるな」

うわああ、仁さんの前でやーめーてと思いつつ、心のどこかにまんざらでもない自分がいることに気づいて、澄香は愕然とした。諸岡にかけられた呪いが発動しているのだ。

「この野郎、やめろっつってんだろ。ったく懲りねえ野郎だな。この子に手を出すなって言ってんだろが」

割って入った左門を、藤村は少し笑って見やる。何とも言えない崩れたような色気と鬱屈したものをはらんだ流し目だ。

「お前の言いたいことは分かってるよ。だが、それは誤解だ。今日は、それも含めて白黒はっきりつけに来た」

自分のことを言われていると決まったわけでもないのに、青ざめてしまいそうになる。

にらみ合う左門と藤村の顔を交互に見ながら、桜子が笑い、言った。

「あらあら、何やら勇ましいこと」

「夜は長うございますわ。秋の夜長に月をめでつつ、ゆっくりお話いたしましょうか」

春菊のお浸し。ゆがいた菊菜はよく絞って水気を切り、焼いた椎茸を薄く切ったもの、それに黄色い菊花を加えて、醤油や塩などで味を調えた出汁につけておく。

毎度、思うのだが、仁の作るお浸しは彼の作る料理の中でも特においしい。

澄香の母の作るお浸しというと、鰹節と醬油や、ポン酢をかけたもの、せいぜいがその上に胡麻を振ったもので、野菜を食べさせられている感が強く、特に子供の頃はあまり好きではなかった。

だが、仁の作るそれは、まったく別物だった。飲める程度の味付けがしてある出汁が野菜にじっくりしみこんでいる。おまけにその香り高さときたら並みではない。

「うーん。すばらしい出汁の香りだね。どうなんだろうか、仁さん。僕もそんなに詳しいわけではないけど、出汁を取るには鰹や昆布はもちろん、水も大事だとか？」

藤村が言った。

「そうですね。極端に言えば、水によってはまったく出汁が取れないこともありますし」

「じゃあ、仁さん指定の水というのもあるわけ？」

仁は料理の皿を置くと、澄香の前の椅子に腰かけながら少し笑った。

「以前はそういうこともありましたが、今は……」

雑誌記者のインタビューでも受けているようだが、ここは「骨董・おりおり堂」の歳時記の部屋のテーブルだ。いちばんカウンターに近いテーブルの奥から、桜子、その隣が葵、他のテーブルから椅子を持ってくる形で澄香と並んでいる。別に男女別に分けたわけでもなかったが、向かいに座る格好で、奥から藤村、左門、そして仁だ。

「出張で、一般のお宅に行くことが多いと聞いたけど、その場合は水道水を使うの？」

そうではない。出汁を取る場合や、どうしても必要な分の水は持参する。正直なところ、水道水がとんでもなくまずいお宅もあるからだ。

仁がそう答えると、藤村は桜子にお酌を返しながら、「なるほどねぇ」と言った。冷酒に、食用菊の花びらを浮かべたものだ。

「出張先で料理を作るなんてのは、ままならないことも多いんだろうね」

藤村はそう言って、ちらりと仁の顔を窺う。

「そうですね。しかし、それ以上に学ぶところが多いので」

はああ、やっぱり仁さんはいい男だわあ。澄香は向かいに座る仁の顔をうっとり眺めた。分かったかい、葵お嬢さん。アナタには悪いけど、どう考えたって仁さんはお宅の料亭には戻りませんなこれは……。

などと考えつつ、澄香は数日前に葵から聞いた話を、思いだすともなく、思い返していた。

――仁お兄ちゃんはなァ、絶対にあんたが思うてるような人やないと思うわ――

京都に居た頃、仁はこんなじゃなかったと彼女は言ったのだ。一言で言うと、もっともっとカッコ良かったと。

「ちょっと強引で、でもちゃんと一本筋が通ってて、硬派で。自信にあふれてて、世の中の全部が自分を中心に回ってると思ってる人みたいで、オレ様っていうか……。いやそんなんやないわ。とにかく王様みたいな人やったんよ」

「仁さんがですか？　なんかちょっと信じられないんですけど」

「はア？　信じられへんのはこっちなんですけど？　そら、あんなことがあったから、シヨックなんは分かるけど、こんな街の片隅で、ドブネズミみたいに這いつくばって仕事してるやて、絶対にありえへんわ」

「ドブネズミって……。葵さん、ちょっとそれは」

思わず抗議の声をあげる澄香を、すごい形相で睨みつけ、葵は言った。

「あんなあ、この際やから言わせてもらいますけど、そもそも料亭いうのんは日常とはかけ離れた世界やのよ。料理だけやないの。お軸にお花、うつわ。香りに音。五感全部使って、お客様をおもてなしするのよ。特別な空間と極上の時間を提供するのが私たちの使命なんどす。それがなんでよそ様の汚い台所に出かけて出張料亭になんのや」

圧倒される澄香に葵は続ける。

「仁お兄ちゃんはね、その世界の中心に立つだけの才能があるのよ。王様みたいに選ばれた人やの。そりゃもちろん、お客様あっての商売ではあるけど、みんなお兄ちゃんの作る世界に酔いしれてはった。お客様さえ足もとにひれ伏すんやよ」

なるほど……と澄香は思った。葵が仁に執着する理由の一端が見えた気がする。それが事実なら、今、仁がやっていることを葵が許せないと思う気持ちも理解できる。

不満でいっぱいといった様子で可愛い顔をゆがめる葵に、澄香は訊いた。

「あの、葵さん、あんなことって何ですか？　京都で何かあったんですよね」

だからこそ、仁は京都を去ったのではないか。

自分の失言に気づいたのだろう。葵は忌々しげな顔をした。

「それは……」

「お姉さんのことと何か関係があるんですか？」

葵の顔色が変わった。

「なんで山田さん、お姉ちゃんのこと知ってんの？　お兄ちゃんが言わはったん？」

「あ……いや。何となくそうかなと」

澄香は思わず視線をそらす。この話は厨で仁と葵が話していたのを、盗み聞きする格好になったものだ。とてもそうは言えないが、ずっと気になっていた。

「その話はウチの口からは言えまへん。聞きたかったら、お兄ちゃんに直接聞いとくなはれ」

ふたたび濃厚な京都弁になった葵は立ち上がり、背中越しに言った。

「まあ、話しはらへんとは思うけど」

とはいえ――、と澄香は蒸した雲丹で和えた枝豆の小鉢に手を伸ばしつつ考える。王様論はともかく、今の状況下で仁の腕が百パーセント発揮できているかと言われると、たしかに疑問だ。

仁が席を立つのを見やりながら、腕組みをしていた藤村が口を開く。

「左門よ、お前さんとあの子はいつからの知り合いなんだい？」

「あの子って、仁の字のことかい？」

少し警戒したように答える左門に、藤村は唇だけをゆがめて笑みを浮かべ、うなずく。

「いつって……。仁の字がまだ小学生だったんだから、かれこれ二十年近い付き合いになるのかな。なア、仁の字」

カウンターに向かって左門は声をかけた。仁が「ああ」とうなずいている。

「何だ、そんなに長い付き合いなのか。じゃあ彼は小学校からここに住んでたわけ？」

「いや、ウチは別にあンだよ。まあどっちがウチか分からねえぐれえ入り浸っちゃあいたが……。何しろ女将の一のシンパだからな」

小学生の仁さん？　それは興味深いが、まったく想像がつかない。

澄香は訊いた。

「仁さんの子供の頃って、どんなだったんですか？」

左門は飲みかけていた菊の酒をぶっと噴きだしそうになり、甲高い声をあげた。

「どんなって、そおりゃ、おめー。一言で言やあ、とんでもねー野郎だよ。クソ生意気で、やんちゃで、箸にも棒にもかかりゃしねえ。かと思いゃ、どっか冷めてやがって、そりゃまあ食えねえガキさ。まったくこっちゃあずいぶんと手を焼かされたぜ」

まったく想像がつかない。

思わず葵と顔を見合わせてしまった。

本当ですかと言わんばかりの視線に、桜子が微笑む。

「うふふ。左門さんはね、そりゃあ仁さんを可愛がって下さったの。年の離れたお兄さんみたいでしたよ」

「よせやい。あんな扱いにくいガキ、別に可愛がっちゃいねーよ」

左門は浅黒い肌をぽっと染め、照れくさそうな顔をした。

「まあなァ。仁の字もおいらも、女将のシンパであるなぁ、おんなじだからよ。野郎が困りゃあ世話ぐれぇ焼くのはあたりめえじゃねえか」

なるほどなあと澄香は思った。道理で仁さん、左門には気を許しているわけだ。

あいかわらずモデルのようなスーツ姿の藤村が、ネクタイを少し緩めながら言う。

「で、何？　そのあと京都に行ったのか？」

「ああ、高校卒業してからな。大学に行かせてぇ親と、まあ、すったもんだあったようだが、最後は親も折れたんだよな」

「いや、折れてないよ」仁がことりと皿を置きながら言った。「いまだに怒ってる」なんだって？ と左門が飛び上がるように仁の顔を見上げる。

「そうなのかい。俺ァまたてっきり」

仁は、いわくありげな笑みを浮かべた。彼にしてはとても珍しい表情だ。

「だから、こっち帰って来てからも一度も会ってない」

左門は、フーンと言うと何か考えこんでしまったようだ。

仁さんのご両親――あまりにも話に出てこないので、いないような気がしていたけど、ちゃんといらっしゃるのね。おお、ペアレンツ！ どんな方たちなのかしら？ ずっと許してないって、そんなに怖いのかしら？ でも、きっとお母様はおきれいよね。いつか、私が仁さんと結婚する日が来たら、きっと会えるよね。いやーん、緊張しちゃう。紹介しておこう。ゾンビだカビだと言われる澄香の中にも甘い乙女の世界があった。普段は負の感情で編まれた腐海（ふかい）に覆われ、姿を現すことがないだけだ。恋愛不全とはいえ、妄想の世界でだけは人並みに夢を見るのだ。

久々に現れた乙女ドリームの海に心地よく浮かびつつ、澄香は、小芋の利久揚（りきゅうあ）げを口に運んだ。ゆがいた小芋に下味をつけて、胡麻をまぶして揚げたものだ。香ばしい胡麻の香りに、衣の部分はカリッ、ほっくり、ねっとり小芋の食感が楽しい。

ああ、楽しい。月の魔力だろうか、今夜はいつもと違う夜みたいだぞと澄香は思った。

左門はいつも以上に陽気だし、仁も気を許している。

甘鯛の丹波蒸しに、炊き込みご飯。丹波蒸しには栗を使う。塩をした甘鯛を、裏ごしして卵白と合わせた栗、舞茸、銀杏などとともに蒸し、薄味の葛餡をかけたものだ。とろりとした餡から立つ出汁の香り、栗の甘みとこっくりした味わいが淡泊な白身魚とよく合う。

炊き込みご飯には舞茸、平茸、シメジなどのきのこ類がたくさん入っている。これを土鍋で炊きあげるのだ。香ばしい醤油ときのこの何とも言えない良い香りが「おりおり堂」に漂う。

噛みしめると、出汁と醤油でほどよく味付けされた米の甘みと、それぞれのきのこから出る複雑な滋味が口中に拡がった。細かく刻まれた油揚げが、他の具材のエキスをすべて吸い込み、ところどころできゅっと顔を出す。きのこに隠れ、一見どこにあるかも分からないようでいて、一番の存在感だ。

「はあ、おいしい。秋だわあ」

何とも幸せな気分になる。少し酔いも回ってきたのか、澄香はタブーを忘れ、心中、海辺の椅子にでもふんぞり返ったような気分でいる。

仁の口数があまり多くないことに加え、立ち入ったことを詮索して嫌われたくない気持ちが先に立って、澄香はなかなか彼のことを訊けないでいた。その点、藤村には遠慮がない。ズバズバと小気味よく質問をしてくれるのがありがたかった。これは今まで聞いたことのない話が聞けそうではないか。

うっふっふ。私の知らない仁さんか——などと気楽に思ったのもつかの間、藤村の次の発言に、澄香は一気に椅子から転げ落ち、頭からどぼんと海に転落したような気になった。藤村は食後に、桜子の淹れたほうじ茶の湯飲みを持ったまま、まったく悪気のない風に言ったのだ。

「で、仁さん。君が京都を出たのは事故を起こしたからだって本当かい？」

「事故？」

思わず聞き返したのは澄香一人だった。そして、何となく降りた沈黙に、どうやら澄香を除く全員が知っているらしいことを感じた。

「なア、藤村よ。その話はやめねえか。座が白けちまうぜ」

「ああ、失礼。だが、ここでやめるのは、山田さんに気の毒じゃないか」

「けど、おめえ……」

「いいよ、左門」遮ったのは仁だった。「隠すつもりはない。その通りですよ、藤村さん」

「交通事故だとか？　それで葵さんのお姉さんが……」

仁がうなずく。

お姉さんが？　どうしたの？　内心焦る澄香の耳に、くぐもった泣き声が聞こえてきた。葵だ。

ちっと左門が舌打ちをし、残っていた冷酒の酒器を持ち上げ、手酌で注ぐ。

葵はハンカチを握りしめ、小さな顔を埋めるようにして言った。

「それでもね……それでも、みんな仁お兄ちゃんが帰って来るの待ってるんだよ」

それでも？　一体、彼女のお姉さんに何があったら、その言葉に繋がるというのだろう。

藤村がこちらを見た。

「山田さん。大丈夫？　真っ青だよ」

気遣わしげな声が聞こえる。

何？　一体何が降りて来たのだろうと澄香は思った。まるで舞台劇を見ているみたいだ。

突然の暗転に続いて、明かりがつくと、舞台の上の状況はがらりと変わっている。周囲の役者は同じなのに、まったく違う人たちみたいだ。何故？　澄香だけが知らないことを、みんなは知っていて、次のセリフを待っている？

聞きたくない。私、それ聞きたくない――。ここにいる全員が本当は聞きたくないのに、舞台進行上仕方なく聞かねばならない。そんな顔をしているように見えた。

葵のお姉さんの名は由利子さんというそうだ。葵の五歳上で、料亭こんのの跡取りになるはずの人だった。

「お姉ちゃんは優しくて、きれいで、たおやかで、お花もお茶も踊りも勉強も何でも完璧にできて、葵の自慢のお姉ちゃん……」

姉のことを知ってもらいたいというように必死で訴える葵の言葉は、涙でとぎれがちになる。

「由利子さんは仁さんの婚約者だったそうだよ」

藤村が澄香に向かって言った。至極あっさりと、お天気の話でもするような口調だ。

ああ、と澄香はうなずく。何となく、そんな気がしていた。葵が来てからの一ヶ月間、漏れ聞こえてきた断片的な情報を寄せ集めれば、分かったはずのことだ。

美しく聡明な女性。老舗の料亭を継ぐために育てられたひと。現当主である葵の父が見込んだ料理人と結婚することになっていたのだ。

その料理人こそが仁だ。

これで腑に落ちた。完璧な姉。葵はその代わりに次期女将になることを決意したのだ。そう考えれば、葵が女将になる修業を始めたと聞いた時の、仁の動揺ぶりが理解できる。そして、そう考えれば、葵が仁に結婚を迫った理由もまた納得がいくのだ。

耳鳴りがする。ぼわぼわ、ぶわぶわとアボリジニーの吹く楽器みたいな音が耳の中でこだましているのだ。低く響きわたるぼわぼわの中を、時おりジェット機のような金属音がかすめていく。澄香はこめかみの辺りに鈍い痛みを覚え、思わず顔をしかめた。

機械の合成音のような藤村の声が聞こえてくる。彼はどこまでも冷徹に葵から聞いた事実を伝えた。

事故が起こったのは三年前。仁が運転する車がカーブを曲がりきれず、コンクリート壁に激突、助手席にいた葵の姉の由利子は頭を強く打ち——藤村はそこで言葉を切った。言いあぐねているようであり、次の役者の登場を待っているようでもある。

これは私が訊かなければならないのか。澄香は慄然とした。

だが、喉が凍り付いたみたいで声が出ない。発声を忘れたみたいだ。身体中の筋肉を動かすほどの力を使い、ようやく澄香は言葉を口にした。

「……亡くなったんですか？」

まるで、地中から響いてくるようなヘンな声だ。聞き慣れた自分の声とはまるで違う。老女のようにしわがれ、怯え、それでいて好奇に満ちていやらしく歪んでいる。

「いや……」低い声で仁が言う。

ああ、そうなんだ。良かった。

澄香は仁がそう答えるような気がしていたのだ。ああ、良かった。藤村さんの話し方って、どこか芝居がかってるっていうか、思わせぶりなんだよね——。

そういえば、先日の集まりで、彼の元同級生たちが彼を評して、仕事のためには手段を選ばない男だというようなことを言っていた。こうやって他人の心理に揺さぶりをかけて、交渉を有利に運ぶのが彼の手なのかもしれないと澄香は考える。

それにひきかえ、なんか、仁の声って樟脳みたいだと澄香は思った。

樟脳？　突然出て来た言葉の奇妙さに首を傾げる。なんで樟脳だなんて思ったのだろう？

だが、事実そうだった。混乱した頭の中に、すうーっと清涼感が拡がり、強力なメントールめいた麻酔効果をもたらすのだ。うっとり痺れたようになった頭に、藤村の言葉が再びくさびのように打ち込まれた。

「どうなんだろうか。僕は妻を事故で亡くしたが、それは第三者の起こした事故だ。僕は妻にしてやれなかったことを嘆きながら、ずっと加害者を呪ってきたよ。だが、もし、その加害者が自分だったとしたら……。僕は生きてはいないかもしれない」

「やめてよ。やめて下さいっ」

悲鳴のような声をあげたのは葵だった。

「お姉ちゃんは生きてるよ。みんな、いつか意識が戻るのを信じて待ってるんやから、そんな話やめて」

「ああ、すまなかった。ついね」

藤村が場を繕うような笑顔を見せる。

「意識が戻らない……んですか？」

澄香は痺れた頭で考えている。自分の口が言葉を発しているのが不思議だ。のろのろと勝手に喋るロボットでも見ているような気分だった。

「三年間、ずっと？」

ハンカチの中で目をあげて、葵がうなずく。

「だから、私、お姉ちゃんが元気になるまで女将の修業をすることにしたんだよ。いつかお姉ちゃんが戻って来た時に、ちゃんと交代できるように。それまでちゃんとお姉ちゃんの場所を守ろうと思って」

そんな……。澄香まで泣いてしまいそうだ。

だが、澄香は懸命に唾液を飲みこみ、深呼吸して無理やり感情を抑え込んだ。

「余計なお世話であることは重々承知のうえだが、葵さんから話を聞いてね、いてもたってもいられなくなったんだ」

藤村が間にいる左門を避けるようにして、仁の顔を見る。

「ねえ、君。君は京都に戻るべきなんじゃないのか。ここで中途半端なことをしてたって、罪は消えないだろう？　君はその由利子さんに対して責任がある。その責任の取り方は君じゃなくて、由利子さん本人やご家族が決めるべきことなんじゃないのか」

「藤村。てンめェ、何も知らないくせに利いたふうなこと言ってんじゃねえよ。仁の字はなあ、こっちに帰ってきた時にゃ、とても料理なんかできる状態じゃなかったんだよ。それを……」

左門の言葉を仁が制した。藤村の目がすっと冷たくなる。

「フーン。君はここで愉快な仲間たちに囲まれて、立ち直ったというわけか。京都から離れた場所で、お気楽に楽しく出張料亭なんてやっている」

藤村は糾弾者だ。事故の被害者遺族として、仁を糾弾するためにここにいるのだと澄香は思った。

「葵さんに聞いたが、君は実際、百年に一人の逸材だと言われていたそうじゃないか。自分のやるべきことを放棄して、こんなところでくすぶっている君を、その由利子さんはどう思うかな」

仁が、ふっと笑った。

「逸材だったかもしれないのは昔のこと。葵さん、本当にご存じないんですか？　何故、親方が、私が去るのをお許しになったのか」

「え？」葵が顔をあげる。

「私はあの時、親方から殺されてもしかたないと思ってました。実際、包丁を振り上げられもした。葵さんもご覧になってたでしょう」

葵はうなずき、言った。

「でも、お父さん、そんなことせぇへんかったでしょ？　私、分かるよ。あれはお父さんがお姉ちゃんの親である前に、こんのの主人やからやよ。お姉ちゃんの代わりはいても、仁お兄ちゃんの代わりはおれへんから。だから、お兄ちゃんに残れって言わはったでしょう」

「ええ。だけど、私は残れなかった」

「それはお兄ちゃんがお姉ちゃんのことで、責任感じて苦しかったからでしょ？　私ね、自分が言ってること、お兄ちゃんを苦しめるって分かってんの。でもね、でも、私もいっしょに頑張るから、帰って来てほしいのよ」

仁は、ごめんねと優しい声で葵に囁いた。

「葵ちゃん。俺はね、もう、以前のような料理は作れないんだ」

そう言って、仁は左の手のひらを上向けた。痛々しく走る白い傷が見える。

「仁さん……。その傷、もしかしてその事故の時の？」

訊きながら、澄香は強い後悔を感じていた。アジをおろす際にケガした、単なる不注意による自分の傷とまるで同列のように言ってしまったことが悔やまれてならない。

「ああ、そうだよ。もう以前ほど自由には動かない」

「そんなぁっ」

葵が立ち上がり、バンッとテーブルに手をついた。

「嘘やわっ。だって、こうやって前と同じにちゃんとおいしい料理作ってるやん」

「前と同じじゃないんだよ、葵ちゃん。それに……、それだけじゃない。俺は料理人として一番大事なものを失った。由利子の容態に比べれば些細なことだけど」

「どういう意味？」

「それはよぉ、お嬢ちゃん」

左門が自分の痛みを探るような顔で言う。

「仁の字は、こいつ……味が分からなくなっちまったんだよ」

「えっ？」

思わず声をあげる澄香と同じタイミングで、葵も信じられないといった声を出した。

「今はもう治ったみてえだがな」

フォローするような左門の言葉に、仁はゆっくり首をふった。それがどういう意味なのか。澄香には分からなかった。

従姉妹の家の門限があるからと、葵が帰る。夜も遅いので、駅まで仁が送っていくことになった。彼らを見送り、ふたたび席につく。何やら、崩れ落ちるように座り込んだ感じだ。

「左門さん、明日も早いのでしょう。無理はなさらない方がいいわ。身体に障りますよ」

桜子の言葉に、左門は、いンやと言った。

「こんなままで帰っちゃ、余計に眠れやしねえ。せめて仁の字が戻ってくるまで待たせておくんなァ。あいつに言ってやりてえこともあるし」

桜子が立ち上がる。

「じゃあとっておきのワインを出しましょうか。何だか飲みたい気分なのよ、わたくし」

「おっ、いいねえ。そう来なくっちゃ」

「申し訳ありません、マダム。本意ではなかったのですが、空気を悪くしてしまいましたね」

藤村の謝罪に、桜子は微笑した。

「あら、いいんですのよ。かえって良かったかもしれませんわ。葵さんのお気持ちもこのままにはしておけませんものね」

フルボディーの赤ワインと、ぴかぴかに磨かれた口径の大きなグラス。それにチーズとクラッカー、フルーツをカウンターで用意しながら、桜子は続ける。

「仁さんはね、肝心のことをなかなか話して下さらないの。いつだってそうなのよ。一人で抱え込んじゃうのよね」

珍しく不満げな物言いも、桜子にかかれば、茶目っ気たっぷりでチャーミングだ。

澄香は桜子を手伝い、ブドウの房を切り分けていた手をふと止めた。

「仁さんは、事故のあと、すぐにここへ帰って来たんですか？」

椅子にもたれた格好で左門が答える。

「いンや。一月ばっか入院して、そのあとも何ヶ月かはその由利子さんとやらの病室に日参してたって話よ。まあ、葵ちゃんじゃねえけど、いつか意識が戻るんじゃねえかってえ一縷の望みみてえなモンが捨てられねえんだろうな」

「は。じゃ、何かい？　たったの数ヶ月で、見切りを付けて逃げ帰ったっていうのかい」

上着を脱いで椅子の背にかけようとしていた藤村が言った。

「お前は、一体何の恨みがあんだよ。いちいち突っかかりやがって」

「あ。お預かりしましょうか？」

澄香はフルーツの皿をテーブルに置きながら、反射的に訊ねる。藤村は「ありがとう、お願いしようかな」と言って、澄香に上着を寄こす。じっと顔を見つめられ、澄香は慌てて壁のハンガーに向かった。

ふと、藤村の上着から何か懐かしいような匂いがした気がして、手を止める。いつか、どこかで嗅いだ気がする。

どこかの家の匂いだったろうか？　澄香はぼんやり考えながら上着をかけた。

そういえば、葵の姉の話を聞いている間、澄香はどこか実感を伴わず、浮遊に近い不思議な感覚を覚えていた。他人事だからというのではない。仁にしろ葵にしろ、近くにいる人たちに関わる辛い話だ。痛みを共有しているつもりでいながら、どこか遠いのだ。厳しい現実に身を置きながら、自分だけ隔絶されたみたいなこの不思議な浮遊感には覚えがあった。はるか昔の話だ。その記憶とこの匂いが連動しているのではないかと思ったが、思い出すことを何かが阻んでいるようでそれ以上のことが出て来ない。

ふり返ると、自分を見ていたらしい藤村と、その隣で苦々しげな顔をしている左門が目に入る。

「藤村よォ。おめー、ライバルのつもりか何か知らねえが、あんまり仁の字を追い詰めるようなこと言わないでやってくれねえか。味が分からなくなったってのも、精神的なモンだってことだ。あいつぁな、図体がデカいし、ちっとやそっとじゃこたえないように見えンのかも知んねえが、実際、誰よりも傷ついてんだよ」

「別に追い詰めるような意図はないさ。ただ事故で家族を失った人間として、葵さんの言うことを見過ごせないだけでね」

いやあとも、ハアアともつかない声をあげて、左門は後頭部を支えるように両手を組んだ。

「まったくなあ、何だってこんなことになっちまったんだろうな。なァ、女将。仁の字が京都から帰って来た時にゃ、ホントにビックリしたよなあ」

「あら、そうだったかしら」

桜子がいたずらっぽく微笑む。左門はそれに気づかず、話を続けた。

「十年ぶりに顔見せたと思いきや、そりゃもうやさぐれて、誰かと思ったもんだ」

「やさぐれてとは、面白いな。どんなだったんだい？」

藤村は澄香に向かって、さあよく聞いてとでも言わんばかりの顔をしている。

「目だよ、目」

軽くグラスをあげて、みなと乾杯をかわした左門がグビリと喉を鳴らした。

「目？」

「ああ。あんなに絶望した人間の目をおいらぁ、後にも先にも見たことがねえ。今思いだしてもゾッとすらぁ」

フウ、うまいな、このワインは、などとため息をつきながら言って、左門は向かいの桜子を見た。

「しかしよぉ、女将がいてくれて良かったよ。そうでなきゃ、あの野郎、本当にどうにかなっちまってただろう」

桜子は、上品にワイングラスを持ち上げながら、ふふっと笑う。

「わたくしは何もしていませんよ。仁さんが立ち直れたのは、左門さんや古内先生のおかげだと思っているわ」

「いんにゃ。女将のところに戻って来たってのが重要なんだよ。そうか……あいつ、やっぱり実家にゃ帰れなかったんだな」

左門はまるでそれが自分の罪であるかのようにつぶやいた。

仁が戻って来た時、左門はワイングラスを手に持ったまま、テーブルで酔いつぶれて眠ってしまっていた。

「なんだよ、左門。飲み過ぎだろ。大して強くもないのに」呆れたように仁が言う。

仁と藤村の二人が、足を持てとか、重いとか、短い言葉で言い合いながら、左門を奥の和室に寝かせていた。左門は仁や藤村に比べれば小柄だが、みっちり肉が詰まっていて重いそうだ。

続いて、澄香と仁の二人で後片付けをする。

無言だ。いつもなら澄香が何だかんだと話しかけ、時々仁が答えたりするのだが、さっき聞いた話が重すぎて、澄香は何をどう話していいのか分からなかった。

その間、藤村は勝手にレコードを選び、桜子を相手にワインを飲みながら、楽しそうに骨董の話をしている。

なんて男なんだろうと澄香は思った。突然やってきた闖入者だったはずなのに、五ヶ月の間、仁がまったく話そうとしなかったことをぽーんと明るみに放り出して、自分はそ知らぬ顔をしている。けれど、これは澄香が心のどこかで望んでいたことでもあった。ならば、引き受けねばならないだろう。

「じゃあ、お先に失礼しますね」

澄香が言うと、グラスを置いて藤村が立ち上がった。桜子の相手をして、それなりに飲んでいるはずなのに、まったく酔った様子もない。

「送って行こう。夜も遅い」

時刻は十一時を回っている。澄香は慌てて言った。

「いいえ、大丈夫です。もっと遅い日もあるぐらいなので」

「何かあってからでは遅いんだよ。どんどん使えばいいんだ。男は女性を守るためにいるんだから」

上着を着ながら、藤村は仁に向かって言った。

「君も来たまえ」

仁は藤村の顔を見たまま、何も言わない。藤村は、面白そうな顔をした。

「いいのかい？　僕が彼女をどうにかしても」

「女性を守るのが男の役目とおっしゃったのでは？」

仁の挑発的な言葉に、藤村は肩をすくめる。

「僕は親切心で言ってるんだがね。君のいない場所で彼女に求愛するのはフェアじゃないだろ」

うーわーと澄香は思った。

その話、まだ継続中なのか。ってか、勝手に話を進めないでほしい――。そうでなくても、今夜は頭の中がぐちゃぐちゃぐちゃなのだ。とにかく早く一人になって考えたかった。

帰り道、藤村は澄香の右側にいた。仁は少し遅れて後ろからついてくる。みな、無言だ。

ふと立ち止まり、藤村は空を見上げた。

「月夜ってのは明るいものだね。だけど決して明るすぎず、腹を割って話をするにはぴったりじゃないか」

たしかに、街灯と月明かりで、互いの顔がはっきり見える。

藤村は腕組みをした左手をはずし、自分の唇に当てた。美しい容姿あってこそ許されるナルシスティックなポーズだ。毎度、思うが、他の男がこんなことをしては滑稽なばかりだろうに、彼は実に絵になった。

「ねえ仁さん、君の事情はよく分かった。あの子の実家の料亭に戻れない理由もよくね。その上で訊こうか。今の状況をこの先もずっと続けて行けると思ってるのか？」

仁がまっすぐ藤村を見返す。藤村もかなりの長身だが、仁の方がまだ高い。二人の男がにらみ合っていた。

「今の状況とは？」

「出張料亭なんて不安定なものをいつまで続けるのかと言ってるんだよ」

「分かりません」

「分からない？　何？　まだリハビリ中だとでも？」

仁が黙っているので、藤村はしびれを切らしたようだ。

「まあいいだろう。では、単刀直入に聞くが、君はこの人の、君に対する気持ちをどう思ってる？」

澄香は二人を見上げる格好で、立っていた。いきなり視線で示され、慌てる。

「え。気持ちって、ちょっと藤村さん」

「まさか、好意に気づいてないわけじゃないんだろう」

頬がかあっと熱くなる。悶絶の果てに失神しそうな澄香の耳に仁の低い声が聞こえた。

「分かってます」

分かってたのおぉ⁉　えええええ、あー、誰か穴掘ってくれ。入りたいってか、マジ死ねる。すみません、ただの通りすがりのゾンビです。助けて下さい。見逃して下さい。ああ、せめて走って逃げたいが、ここで逃げても許されるのはせいぜい二十代前半までだ。踏みとどまるのよ、澄香。大人のイイ女はここで笑みを浮かべて、仁さんの言葉を待つぐらいの余裕がなくては……。混乱のあまりゾンビと乙女が同時に出た。顔がどんどん引きつるばかりだ。

仁がこちらに向き直る。

「山田、聞いた通りだ。俺は罪を背負ってる。一生、あの人たちに憎まれ続けなきゃならない」

だ、だから？　私は一体何を言われようとしているのだろうか。次の言葉を澄香は待ち続ける。

ようやく仁が口を開いた。ため息とともに、ぽつりぽつりと言葉を継ぐようだ。

「俺は当然だ。だが、お前にそれをさせるわけにはいかない……。今まで引きとめて悪かった。もう自由にしていいよ」

自由？　この人は何を言っているのだろうと思った。白い月の光を浴びて、憂いをまとった仁の瞳がきらきらと光って見える。神秘的な色をたたえた深い湖のようだ。

ふと、今まで自分は彼の表面しか見ていなかったのではないかと思った。初めて仁とまともに向き合った気がする。

「私、引きとめられてなんかいませんけど。私は……私が仁さんを好きだから、この仕事が好きだから、ここにいるんです」

まばたきもせずに仁が自分を見つめている。

「だが……」仁は何か言いかけてやめてしまった。喉に何かひっかかったみたい。ん、と咳払いをして続ける。

「藤村さんの言う通りだ。今の状況をいつまで続けても、ずっとこのままだ。今の俺には誰かを幸せにすることなんかできない」

今になって、仁が結婚しないと言った理由が分かった。由利子さんのことがあるのだ。彼の性格からすれば当然だろう。

藤村が言う。

「ねえ山田さん。僕は君が仁さんのことを好きでも構わない。彼にできないなら、私が君を幸せにしよう。約束するよ」

噴きだしたのは澄香だった。突然あがった笑い声に、月明かりに照らされて男が二人、あぜんとしている。自分でも驚きながら、おかしくて笑いを止められなかった。

「ご、ごめんなさい……。でも、何か違うと思って。だって、幸せにしてやるとか、してやれないとか、違うんじゃないですか？　幸せって二人でいっしょに作っていくものだと思うんですけど」

月光を受けて、アスファルトの地面におぼろな影が落ちている。

「これは一本取られたな」

藤村がふんっと笑った。

「やれやれ今夜はいささか分が悪いようだ。今日のところは身を引こう。あとは二人でよく話し合いたまえ」

じゃ、と通りがかったタクシーを手を挙げて止め、歩きかけた藤村がふり返る。

「そうだ、仁さん。あんた、本当にその子のこと好きなのか？　まだ聞いてないぞ」

頭の上で、仁が小さく「いや……」とつぶやいた。

いや？　いやって言った？　それってノーってこってすか？？　ですよねー。ま、当然妥当だ。

そうか。もうはっきり言ってもらおう。ここでゾンビを成仏させるのも悪くないだろう。

顔を見上げる澄香に、仁は困ったように横を向いてしまった。

「おい、どうなんだ。返事によっちゃ、このまま連れて帰るぞ」

さすがに抗議をしようと思った瞬間、仁に腕を摑まれ、澄香はひっと妙な声をあげてしまった。

ああ、やってしまった。見事な挙動不審ぶりで固まっている。なんで私は、こんなドラマチックな局面で、こんな反応しかできないんだ！

「あ……すまん」

仁は目をそらしたまま言う。

「山田。俺にこんなことを言う資格がないのは分かってる。だけど、俺は……できれば、お前にこのまま傍（そば）にいてほしいと思ってる」

夢を見ているのだろうかと澄香は思った。

やっぱり夢だったのかもしれない。

翌日、出勤しても仁には何ら変わったところがなかった。あいかわらず、ぶっきらぼうで、優しい言葉一つかけてくれるわけではない。告られたような気もするが、そのあと何か話したわけでもない。どう考えたって、夢だと考える方がしっくり来るのだ。あるいは、妖しい月明かりの見せた幻だったのかもしれない。トホホと思ったが、まあいい夢だったので、良かったことにしておく。

今日も出張先のお宅に向かう。いつものように荷物を積んで、澄香は後部席に回った。考えてみれば、仁が助手席に人を乗せたがらないのは事故の記憶があるからだろう。

いつか、それが変わる日が来るのだろうかと澄香は思った。

葵が京都へ帰ることになった。彼女はわざわざ庭の草むしりをしている澄香の脇へ来て、しゃがみこみ、草はむしらず言った。

「山田さん。一旦は帰りますけど、ウチ、お兄ちゃんのこと諦めたわけやおへんよって。よおぉ、肝に銘じといてちょうだいや。必ず戻って来ますよって。まあ、どうせあんたのことや。それまでに、またぬるいことして、お兄ちゃんに愛想つかされてると思いますけどな」ベタベタな上から目線の京都弁でねちねちと語るのだ。

「は？」思わず聞き返してしまった。

「は、やないわ。ウチは負けへん言うてんの。すごい女将になって、絶対にお兄ちゃんを振り向かせてみせるから」

いや、こっちにも振り向いてないと思いますけど、と澄香が口を開くいとまを与えず、葵は帰って行った。


アミーガ様のお宅の月例〝仁ちゃんのお料理を食べる会〟が催された。

アミーガ様はグレース・ジョーンズを彷彿とさせる、日本の誇るドラァグクイーンであり、元プロレスラーだという逞しいお身体も、殺し屋みたいに鋭いまなざしもファビュラスなおネエ様である。

今月のメインは戻り鰹だ。土佐の海で一本釣りしてきたとアミーガ様に言われて信じた澄香である。アミーガたちのリクエストはたたきだった。五月におこなわれた炎の鰹の再来というわけだ。

燃えさかる炎の中に鰹を投じ、炙る。大音量のピアソラに合わせ、歌い踊るオネエたち。黒魔術のミサかと見まがうような光景の中、アミーガに猛アタックされながら黙々と料理を作る仁、虫除け女と揶揄(やゆ)されながら、そのセクハラをブロックする澄香。毎月の光景だ。旬の食材を使った秋らしい料理と、脂ののった戻り鰹。上質の酒、アミーガ自慢のぬか漬け。濃くも楽しい宴が果てたのはもう夕方近かった。

九月も終わり近く、日暮れが早くなっている。

帰り道、仁は車を停めて、「ちょっと見ないか」と澄香を誘った。石畳の細い坂道を並んで歩く。急な勾配(こうばい)をのぼりきると、街が見下ろせた。さやさやと風が吹く。今日はかなり気温が高くて、昼間は夏を思わせたのに、今は少し寒いくらいだ。遠い山の稜線あたりから、空があかね色に染まり始めている。

「もう秋ですねえ」

澄香が言うと、仁はうんとうなずいた。

あれ? 仁さんが笑ってる——? 笑みを浮かべながら、彼が言う。

「山田。俺、まだ味が全部分からないんだよ」

「あ、もしかして……それって酸味ですか?」

「うん」

澄香は気づいていた。仁が自分に味見を頼むのは必ず、酸味を含む料理の時なのだ。今日の戻り鰹にかけたポン酢もそうだ。

「山田が最初に店に来た時、びっくりした。食材を全部当てただろ。こんなに舌が敏感な人がいるんだなって。うらやましくもあったし、こんな人が自分の傍にいてくれたらな、と思った」

あーっ。澄香は思わず目をむいた。

それで謎が解けた！

そもそもなんであのとき、仁が自分を助手にスカウトしたのか不思議だったのだ。そりゃあ、王子様がわたくしに一目惚れなの！　と思い込みたい乙女の泉は心の中に湧き出すものの、自分はただのゾンビである。これといって珍しい芸ができるわけでなく、ずば抜けた美貌を誇るわけでもない。恋愛不全で、諸岡に言わせればめんどくさすぎて陰気な胞子を撒き散らすカビなのだ。しかし、一縷の望みを抱いていなくもなかったというと嘘になる。心のどこかで王子様の特異なお好みに、自分の何かが奇跡的にマッチしたのではないかと、淡い希望を抱き続けていたのだ。

そうかー。舌か、私自身じゃなくて……。いやはや、何とも。喜んでいいのか悲しむべきか。しかし、ある意味、納得の結末ではある。

さらに衝撃的な事実に気づいて、澄香は愕然とした。もしかして、この前の月の夜に仁が言った「俺の傍にいてほしい」という言葉は、澄香自身にというより、この舌に向けられたものではなかったか。とすれば、あれはやはり夢ではない？

だとしても、あまり嬉しくもない気もするが、などと考えている澄香に仁が言った。

「考えたんだけど、やっぱり山田に傍にいてほしいって、俺のエゴだ。忘れてくれ」

ええええ、まさかの取り消しだと⁉　澄香は慌てて言った。

「あ、あの、仁さん。じゃあ聞きますけど、もし私が味オンチだったら最初から助手にはなれなかったってことですか？」

「こっちから声をかけることはなかっただろうな。別に女性なら誰でも良かったわけだし」

誰でも良かったんかい！　即座につっこみを入れそうになったが耐えた。

「じゃあ、じゃあ、この舌を今、私が閻魔（えんま）様に抜かれたら、私はお払い箱ってことですか」

「閻魔様って……」

仁は困ったようなおかしいような、何とも言えない顔をしている。

「そうじゃない。最初はそうでも、今は違う。俺は自分でも驚くほど、山田を信頼してる」

真剣な彼の表情が、真摯な言葉がまぶしすぎて、もったいなくて、どうしていいか分からなかった。またしても挙動不審になりながら、「ゾンビなのに」などとつぶやいている。

「だけど」と、仁はトンボがふわふわと横切っていくのを目で追いながら続けた。

「ここまでだ。自分の立場を思うとな……。関係を変えることはできない。卑怯（ひきょう）かもしれないが」

「うん。すごく卑怯だと思います」

自分でも信じられないほどの早い返しに、仁がぱちりと目を見開いた。

「仁さんが私を信頼してくれてるのが分かってて、どうして諦められましょうか。いや、いいんですいいんです。忘れてください。出すぎたことを」

「……すまない」

多分、顔は真っ赤になっていると思われたが、恋愛不全の三十女にはこれ以上のリアクションは無理だった。

もちろん、内心では煩悩というかぐちゃぐちゃしたものがうずまいていた。ここでこのチャンスを逃したら多分きっと一生このままだ。ここで隣にいる仁の胸に身を預ければ何かが変わるのではないかという気持ちもあった。だが、そんな勇気はなかった。じりじりと身を焦がすような思いに叫びそうになりながら、それでも澄香は一歩も動けない。

夕闇が足元までしのびよって来ていた。

澄香の住むワンルームマンションは小ぎれいな見た目だが、内部には小さな部屋がいくつも連なり、まるで蚕棚のようだ。長く住むところではない。人生の途中で少しだけ羽を休める、止まり木のような場所なのだ。あるいは女優が出番を待つ楽屋だろうか？

その一室で澄香は包丁を眺めていた。練習用にと仁がくれた小出刃包丁だ。もともと、小さな魚をおろすために作られたもので、普通の出刃に比べると、一回り小ぶりだ。仁が長年使い込んだために、さらに小さくなっているそうだ。澄香がアジをおろす際に手を切ったことを彼は気にしていて、ケガが治ったある日、自分の包丁をくれたのだ。

包丁を見れば、どんな人間なのか見当がつくと、仁は言っていた。人でも殺せるぐらいよく切れる刃物なのに、手の中の包丁は何故かとても温かく感じられる。

人間ってバカな生き物だよなぁ。澄香はため息をついた。岐路に立ち、どちらを選ぶのが賢明なのか、頭では分かっていながら、あえて違う方の道を行く。

やれやれと思う。どうやら自分は、この楽屋で晴れの舞台を待ちながら、永久に出番の来ない女優のようだ。

ゾンビなのだから仕方がない。

だがもしかすると、仁もゾンビの一種なのではないかと思い始めていた。恵まれた見た目からとてもそうは思えないが、彼もまた幸せになることを自ら放棄した哀れな生き物なのかも知れない。

いつか、遠い遠い道のりの果て、自分たちの未来が交わる日が来るだろうか。永遠に来ない可能性の方が高そうに思える。

それでも、幸せは与えられるものではないと言った気持ちは変わらない。ゾンビと歩く道の彼方に幸せを作ってみたいと思うのだ。

長月（ながつき）、朝。人々が動き始める。薄い水色の空に、有明（ありあけ）の月が浮かんでいるのが見えた。澄香は仁にもらった包丁を携え、「おりおり堂」へ続く石畳を歩いていく。

神無月(かんなづき)
暗黒館の呪いの南瓜(かぼちゃ)

ぴかぴかのメタリックボディーに、澄んだ丸い目。とびきり生きのいい秋刀魚に塩をふり、炭火で焼く。炭の上で秋刀魚がジュッと音を立て、勢いよく炎があがった。

昼下がり、「骨董・おりおり堂」奥にある住居部分の古い厨だ。秋刀魚を焼く仁の足もとでは猫の楓が立ち上がり、仁の顔と秋刀魚を交互に見上げては、しきりに何か訴え、彼の足をかりかりと引っ掻いている。

「楓、あとであげるから。ちょっと待ちなさい」

まじめくさった顔で仁が言う。

「ンなっ」楓が、可愛らしいが、いささか不満そうな声で短く鳴いた。

土鍋からは、ほかほかと甘い香りの湯気があがっている。先刻ランチ出張から戻り、「おりおり堂」は遅い昼食の時間を迎えるのだ。厨の調理台を兼ねた無垢の一枚板のテーブルに、風格のある焼き物や磁器が並んでいる。

澄香もここへ来て六ヶ月。だいぶ目が肥えてきたので分かるが、普段使いには少しばかり勿体(もったい)ないかなと思うような高価なものもあった。

オーナーの桜子が、うつわは使ってこそ価値があるという考えの人なのだ。

焼き上がった秋刀魚には大根おろしとスダチが添えられている。焦げ目のついた皮に箸を入れると、身がほろりと崩れた。醤油をかけていただく。わずかに炭の香りが残る香ばしさに、新鮮な秋刀魚の濃厚な味わい。口に運ぶと、ほんのり甘みを感じる大根おろしと、スダチのさわやかな香りが一体となって、じわりと拡がる。

炊きたてのごはんは秋田の新米だ。ほかほか、つやつやに炊き上がった米は裸電球の光を受けて、茶碗の中で宝石のように輝いている。桜子の好みに合わせ、少しやわらかめに炊き上げられた米は、もっちりとした食感で、舌の上で、甘くほどけていく。

小松菜とシメジのベーコン炒めに、桜子が炊いたひじきの煮物、薄切りにした大根とわかめの酢の物。どれもこれも、さりげないおかずばかりなのに、見事に味の調和が取れている。

味噌汁は合わせ味噌。具は秋なすと薄揚げ。

そして、更(さら)なるごちそうは、天才料理人、橘仁の手になる、出汁巻き卵だった。

「ああ、おいしいですぅ」

溜息まじりに澄香はつぶやく。お客様のために作る料理がおいしいのはもちろんなのだが、こんな家庭料理のようなものでさえ、仁が作ると、ひと味もふた味も違うから不思議だ。上品なお出汁に、卵液の絶妙な配合。ぷるぷると弾力がありながら、舌の上で溶けてしまいそうな出汁巻きは感動的だった。

「秋はおいしいものが多くて嬉しいこと」

桜子が言う。

「ホントですよねぇ。しみじみ日本に生まれて良かったです」

ほぐした秋刀魚の身を楓にやりながら、仁が「あ。そうだ」と身をひねってこちらを向いた。

「山田。お前、ハロウィンパーティーって行ったことあるか？」

「ハロウィン？　ですか？」

これはまた、仁には珍しい単語が出てきたものだ。彼はパーティーで浮かれ騒ぐような人種とは真逆の性格なのだ。

「パーティー……とまで呼べるかどうか分かりませんけど、何年か前に、ハロウィンの日に女子会？　みたいなものをやったことはあります」

「ふーん。何をするんだ？」

何をする？　澄香は言葉に詰まった。

あれはたしか、まだ年下の友人ユミと同じ会社で働いていた頃だ。派遣仲間の失恋パーティーを兼ねていたはずだが、その時の〝主役〟が、ちょっと変わった趣味の人で、ハロウィンどころか、ゴシックホラーの会、いやもう単純にホラーそのものになってしまった。題して「呪いナイト」とか何とか言っていたような気がする。

彼女は二間続きの自分の部屋を完全なホラーテイストで彩っていた。壁やカーテンには鮮血（血のり。イチゴ味らしい）が飛び散り、随所に目玉（の形のアクセサリー）や人の手（の置物）、内臓らしきもの（のクッション）などが置かれ、照明はない。代わりに蠟燭がぽつりと置かれ、ほの暗い部屋にはお経が流れていた。〝貞子〟の扮装をした部屋の主はカーテンのような髪の毛の奥で一言も喋らず、クケケケと笑うばかり。単なる女子会のつもりで出かけた澄香とユミは部屋の隅で小さくなって、思わず正座をしてしまった。もう一人、〝貞子〟といちばん仲の良かった同僚だけはこのような状況に慣れているようで、「まあ、飲みなよ」とか「相手が悪かったよ。縁がなかったと諦めて次に行け」などと貞子を励まして（？）いた。

飲み会だったはずなのだが、澄香は何を飲んだのか、何を食べたのかほとんど覚えていない。余興に、貞子が藁人形に五寸釘を打ち込む呪いの実演などもあり、その儀式と彼女の姿、恐ろしげな身のこなしなどもあいまって、自分はここから生きて出られるのかと、だんだん怖くなってきたからだ。

しかし、無事、恐怖の館から解放されてみると、妙な感動があった。帰り道、ユミと二人で「いやあ、なんか逆に心が洗われた」「生き延びたーってカンジ」と、盛り上がった覚えがある。

だが、これは仁の求めるハロウィンパーティーの情報とはとんでもなくかけ離れているはずだ。

澄香は「うーん」と言いながら、懸命に可愛い方向の記憶を探した。

「何だろう。欧米ではカボチャでランタンとか作って、仮装した子供たちがトリックオアトリートとか言いながら、お菓子をもらいに歩くんですよね」

「らしいな。しかし、実際のところ、日本ではどんなことをするんだ？」

呪いナイトは特例中の特例として、クラブなどで仮装をした大人が集まるイベントがあるというのは聞いたことがある。

「クラブで仮装？」仁は何か思いだしたような顔をした。「そういえば、去年、アミーガさんが吸血鬼の格好でうちに来たな……」

仁の言葉に桜子がうなずく。

「ええ、ええ。タカラヅカみたいでお綺麗だったわね」

澄香は想像して、ほうじ茶にむせた。さすが何事にも動じない桜子オーナーだ。タカラヅカみたいなどと、しれっと言うが、アミーガ・Death・ドンゴロスは身長二メートル近い巨漢の元レスラー、迫力満点のドラァグクィーンである。仁の前では心は乙女（自称）。その実、仁が少しでも隙を見せようものならたちまち飛びかからんと、機会をうかがう肉食獣であり、控えめに言ってもゴリラのようだ。

　聞けば昨年のハロウィンの夜、アミーガ様は、そのままの扮装でタクシーに乗ってやって来たらしい。むしろ、二メートル近い身長のタカラヅカ風吸血鬼を乗せて来たタクシー運転手の勇気をたたえるべきかもしれない。

　ちなみにそれは、仁がアミーガ宅へ出張するようになる前の話だ。アミーガは当時まだ顔見知り程度だった仁を、クラブのハロウィンイベントに連れ出そうとわざわざ誘いに来たのだ。

「それでそのイベントに行かれたんですか？」

「いや」仁は楓を抱き上げて床におろしながら、つぶやくように言う。

「人の多い場所は苦手だ」

　楓はまだ秋刀魚に未練があるらしく、床から飛び上がって仁の膝に乗り、にーと鳴く。

「あー、クラブって私も苦手なんですよ。人多いし、暗いし、やかましいし。ねえ？」

　あははと笑いつつ、澄香は仁の返答に安堵していた。

　仁がクラブにそぐわないというわけではない。むしろ、見た目だけでいえば何ら違和感なく、それどころか、相当に女性客（ファビュラスなアミーガ様主催のイベントであることを考えれば女性でない客も）の注目を集めてしまうと思われる。だが、彼の中身はどう考えたって硬派だ。

怪しげな仮装とか、仮面とか、一夜のラブアフェアとか。いやいや、アミーガ主催のイベントであることを考えれば、エロスだとかタナトスだとか、もっと生々しくディープな夜が繰り広げられるやもしれない。そんな場所に、こんな硬派ないい男を放り込むなんて、まったくもう餌食（えじき）にされる予感しかない。澄香は妄想を逞（たくま）しくし、一人赤くなったり青くなったりしている。

「けど、どうして仮装するんでしょうね？」

悶々としつつも、澄香は前からの疑問を口にした。

囲い込まれたクラブの中だけではない。渋谷の交差点を筆頭に、街中にも例年、珍妙な格好をした人たちが溢（あふ）れかえっている。澄香は、例の元同僚以外にも街を歩く〝貞子〟を見たことがあるし、ゾンビはもちろん魔女に悪魔、ピーターパンにウェンディ、ドラキュラ、フランケンシュタインに海賊、最近ではアニメキャラの仮装をしている人もちらほら見かける。いつだったか、澄香は地下鉄で十数人のコスプレ集団に出会ったことがあった。異形（いぎょう）の集団はつり革につかまり、スマホ画面を眺めるなどして、やっていることは普通の通勤客と変わらない。

つまり、ハロウィンとは、公認コスプレデーなのか？

そう言うと、桜子がおほほと笑った。

「古代ケルト文化が起源だそうですよ」

ハロウィンという言葉自体はカトリックの万聖節（諸聖人の日）の前夜祭という意味合いだそうだ。ハロウィンは十月三十一日。古代ケルトでは、十一月一日がサーウィンと呼ばれる新年にあたる。つまり、その前日は日本でいえば、大晦日のようなもの。現世と異界の境目がなくなり、死者の霊や悪魔、妖精などがやってくるという。「地獄の釜の蓋も開く」日本のお盆の感覚に近いのかもしれない。とにかく、跳梁跋扈する悪霊に目をつけられないように、自分も魔物の姿をするのだそうだ。

「あー。それでホラー系の仮装が多いんですね」

それが移民と共にアメリカに渡り、我々がよく知るハロウィンの形になったらしい。

「仮装か……」秋刀魚を熱望する楓を上手にあしらいながら、仁がつぶやく。

「料理はどうなんだろうな」

よく考えてみれば、仁がハロウィンの仮装になど興味を持つはずもなかったのだ。

「出張料亭・おりおり堂」にハロウィンパーティーの予約が入っている。日にちは三週間後。

ハロウィン当日というわけではなかったが、少なくとも日本では十月の一ヶ月間はハロウィン期間といえるだろう。クリスマスイベントが十二月の早い時期からおこなわれている以上に、「当日」の感覚が薄いような気がする。元の宗教行事とはあまり関係なく、単なる商業イベントとして捉えられているせいだろうか。

仁といっしょに調べてみたのだが、ホテルなどでもこの時期には、ハロウィンのイベントを展開するところがあり、洋食のレストランは元より、和食の店でもハロウィン風の献立を提供していたりするらしい。

「要はカボチャなんですね」

仁の背中越しにノートパソコンを覗きこむというベストポジションに、内心ドキドキしながら澄香は言った。澄香レベルの恋愛ゾンビにとっては大変なご褒美なのである。

ごく普通の季節のおしながきにカボチャを使った料理を二、三品。飾りに小さなカボチャをくりぬいて、ジャック・オー・ランタン風にしたものを添えてある程度のようだ。

だが、今回のリクエストは必ずしも和食を、というわけではなかった。

「抽象的なんだよな、依頼が」仁が澄香をふり返り言う。「ハロウィンらしい料理を、だって」

そう言う彼の声に、少しだけ甘やかなものが含まれているような気がする――。

そう感じた瞬間、じわと目のあたりが熱くなり、澄香はひどく狼狽した。

い、いかん。これではまるで中学生だ。

だが、あせればあせるほど、呼吸が乱れる。呼吸のしかたを忘れてしまったようだ。

川だ。川がある。澄香は自分に言い聞かせた。

仁と自分の間には川が流れているのだ。今もって信じられない気もするが、川の向こう岸へ自分の気持ちは通じている。でも、そこまでだ。仁が背負っているものを考えれば、これ以上前に進むことはできない。仁にもはっきりそう言われた。

彼はストイックな男だ。最初に出会った時からその印象は変わらない。

だけど、何かの拍子に少しだけ、こんな風に感情が漏れ出すことがあった。

信頼とか、ほんの少しの甘えとか。

だからといって澄香が前へ出れば、彼は退かざるを得ない。

かつて仁の婚約者だった由利子という女性。その人がいる限り、状況は変わらない。彼らが共に事故に遭った時から、そう運命づけられているのだ。

自分は決して、この川を渡ろうなどと考えてはならなかった。

「ハロウィンらしい料理ですか……」

仕事仕事仕事仕事。澄香は自分に言い聞かせ、どうにか落ち着いた声を作って答えた。

もちろん、依頼主との打ち合わせがあるので、集まりの趣旨や使用食材などについては、その場で詳細を詰める。だが、料理内容については、いちおうの提案を何パターンか用意していくのが常だった。そのために、仁は澄香に相談してくれているのだ。

澄香はうっとりした。

そもそも澄香が仁から相談を受けるようなことはあまりない。本来業務である料理に関しては、知識量においても、実力においても圧倒的な差があるからだ。

だが、仁にも間違いなく苦手な分野があった。格調高い高級和食の世界で生きてきた彼は、俗っぽいもの、庶民的な事柄についてはあまり詳しくないのだ。

世俗、オーライ。自分に任せろ。澄香は壁に向かって、ひそかにアピールしている。

澄香は帰宅後、大根を薄く長く剝くかつらむきの自主レッスンを終えると、文献をあたり、ウェブを探り、ハロウィンに関する映画も観た（多くはホラーだったが）。仁が知識を求めれば、すぐに答えを出せるよう万全の準備を整え、臨む。

これぞパートナー。

自分にも仁の役に立てる部分があると思うと、感動のあまり震えてしまいそうだった。

ところがである――。

「そういうことではありません」

依頼主がぴしゃりと言った。

どこにでもあるような大規模分譲マンションの一室だ。お借りするキッチンの下見を兼ねて、ハロウィンパーティーの打ち合わせに来ている。かなり古いマンションのようで、建材や建具のデザインにどことなく昭和感があった。ただ、置かれている家具や家電などは最近の流行のものが多く、どれも真新しい。全体に何となくちぐはぐな印象を受けた。

そもそも、この依頼自体がどこかちぐはぐなのだ。

まず、依頼主の雰囲気と「ハロウィンパーティー」自体が決定的にそぐわなかった。

実はこの依頼のあとに、もう一件、別の「ハロウィンパーティー」の予約が入っていた。都合でそちらの打ち合わせが先になり、一昨日、訪ねたのだ。

アメリカ駐在から帰国したばかりというお宅だ。その家の奥様が中心となって、近所の子供たちを招き、地域の交流も兼ねたパーティーを企画している。

さすがにこの奥様は本場アメリカ仕込みのハロウィンの楽しみ方をたくさん知っていて、次々にパーティーのアイデアを出してくれた。キッチン全体も何やら陽気で機能的なアメリカ仕様だし、向こうから持ち帰ったカラフルな小物やオレンジと黒、紫で彩られたハロウィングッズが所狭しと飾られている。当日のことを考えるだけで、こちらまでウキウキと楽しい気分になった。

その延長のつもりで来たのだが、こちらのお宅はまたずいぶんと雰囲気が違った。今、テーブルを挟んで向き合っている奥様は、六十代、もしかすると七十代かもしれない。

　地味な服装、薄い化粧。シミやシワが目立つ顔に何故か口紅だけがケミカルなピンク色で違和感を覚える。半分ぐらい白くなった髪は、あごのあたりの長さでぱつんと切った感じだが、その切り方が無造作というか、バラバラだった。

　さらに特徴的なのはその表情だ。あごを引き、上目遣いにこちらを見るのだが、そのまなざしがどうにも怖い。意地悪そうというか、隙あらば陥れてやろうと虎視眈々と狙っているような、何とも言えない薄気味の悪さを感じるのだ。

　彼女は仁が出したハロウィンのおしながきを一瞥すると、くだんのダメ出しをした。

「ご意向に沿わないということでしょうか？」

　仁が訊くと、彼女は獲物を狙うような上目遣いで、おもむろにうなずく。

「では、本田様がお考えのハロウィンとはどのようなものかお聞かせ願えますか？」

　仁の言葉に本田和恵という女は口もとを歪めるようにして笑った。

「愚かしいですね。ハロウィンといえば、相場が決まってるでしょうに」

　澄香は一瞬、意味が分からなかった。脳が理解を拒んだのだ。

　まるで、自分こそが世界の常識。ついてこられないヤツは全員非常識みたいな物言いなのだ。

じわじわと怒りメーターを上げていく澄香を手で制し、仁は冷静な口調で言った。

「本田様のお考えと私のイメージが違うのならば、すり合わせる必要がありますので」

「そこまで言うなら仕方ありません。参考になるものを持って来ます」
ギ、ギ、ギと椅子をひきずり、立ち上がる本田夫人。思わず澄香は隣に座る仁の顔を見る。
何なんですか、あの態度は？　初対面の仁さんに対して、なんたる無礼。こんな依頼、断りましょうよ——。さすがに言葉にはできないが、目で訴える。澄香のテレパシーが通じたのかどうか分からないが、仁は軽く首をふっただけだった。

基本的に「出張料亭・おりおり堂」の客筋は悪くない。

当初は桜子や御菓子司玻璃屋の松田左門、古内医院の老先生などの紹介による依頼が多かったそうなので、そのおかげもあるだろう。

だが、最近は宣伝や〝夏休みのお試しランチ〟などの営業活動も奏功し、客層が拡がりつつあった。それ自体はいいことだが、同時にあまりありがたくないお客様まで呼び込んでしまうという負の側面も少なからずあるのだ。

今回の本田夫人のように高飛車な態度を取る人は結構いる。高飛車なだけならまだ許せるが、〝接客業〟の相手になら何を要求してもいいのだと勘違いしているような輩（やから）は特に始末に負えなかった。膝の上に座り（澄香がおっさんの膝の上に、である‼）カニの身をほじれとか、タバコを買ってこいとか、子守をしろとか、あげく歌でもうたえ、踊れの無茶ぶりまで。

しかも、これらの多くは仁ではなく、助手である澄香に向けられるものだ。

助手、そして虫除け。それが澄香に与えられた役割だ。澄香は仁が料理に専心できるよう、その障害となるものを排除する係なのだと自分に言い聞かせていた。

一連の無茶ぶりにしても、歌や踊り、膝の上は論外だが、そのほかの要望については余裕があれば応じられなくもない。どこからどこまでが対応可能で、どこからをNGラインとすべきか。

正直なところ、自分が断ったことで盛り上がった場の空気に水を差すとか、依頼主がクレーマーに変ずるといった事態は避けたい。

ただ、それをきっかけに増長するような客がいるのも事実で、線引きが難しいところだった。

本田夫人が重そうな本を何冊か抱えて戻って来た。画集のようだ。

白いテーブルの上にどさりと積まれた画集を、夫人は真剣なまなざしで開いていく。

無言のままに示されたページを見て、澄香は言葉を失った。

ルドン、ゴヤ。時に人間の目玉が宙に浮かび、蜘蛛(くも)が笑っている。言葉にすれば滑稽にさえ思えるそれが、ルドンによって黒一色のデッサンで緻密に描かれている様は何とも不気味だ。ゴヤの画集には、ロマン主義らしい美しい絵画のページもあったのだが、夫人はそこには見向きもせず、性急にページを繰って、「ほら、これなど」と見開きになった絵をこちらに向けた。

『我が子を喰らうサトゥルヌス』

狂気じみた巨人が幼児を頭からむさぼり喰らっているショッキングなものである。

澄香は隣の仁をちらりと盗み見た。平気、なのかどうかは知らないが、少なくともまったく動揺した様子はなかった。夫人に勧められる度に、うなずきながら画集を見ている。

夫人は例のはしこい上目遣いで、こちらの様子をちらちら窺いながら言った。

「ですが、何と言っても、これです。これがもっとも理想的ですね」

半ば逃げ腰になっている澄香に夫人は閉じたままの画集をぐいと押しつけてくる。

夫人に命じられる形で、仁が澄香の手もとを覗きこんでいる。表紙を見る限りは無機質な絵で、耽美(たんび)的ゴシックといった印象だ。これなら、さほど怖くはないのかもしれない。

そう思いつつ、おそるおそるページを開く。

思わず吐き気を催し、澄香は無意識に目の焦点をずらし、目の前の画集がぼやけて見えないようにしてしまった。

「ちゃんと見てください。困りますね。参考になるものをと言うから持って来てあげたのに」

夫人になじられ、画集を見直す。

ページが進むにつれ、川の水かさが増えるみたいに、ヒタヒタと不気味なものが胸のあたりに迫ってくるような怖さを感じた。

画集から、絵の中に巧妙に埋め込まれた呪詛（じゅそ）が立ちのぼってくるような気さえする。とにかく、全編が死と腐敗と終末で埋め尽くされている印象だ。いくら澄香が自分をゾンビ呼ばわりしているからといって、これではとても太刀打ちできない。こちらは本物だった。

「あ。あの……これはどなたの作品ですか？」

澄香は息苦しくなって顔をあげた。ぷはぁっと、水泳の途中で息継ぎをするみたいな気分だ。

「ベクシンスキー。ポーランドの画家です」

夫人はこれまでの不機嫌さとはうってかわり、異様なまでに目をぎらぎらと輝かせながら言う。

「どうです。すばらしいでしょう」

「は、はあ……」

とても否定的な言葉を口にできる雰囲気ではなかった。夫人はいかにこの画家がすばらしいのか、一枚ずつ絵を示しながら力説している。口をついて出て来る言葉は、やはり死と腐敗、破滅と絶望だった。

こういったものを好む人がいるのは分かる。「呪いナイト」の〝貞子〟もこれに近い嗜好の人だった。ただ、彼女は普段の服装も黒や十字架などゴシック系のモチーフを好んでいたし、持ち物やメイクもそっち系だった。ハロウィンのインテリアだって、ぽんと放り出された腕やら内臓やら血のりやら。ある意味明るいと言ってもいいくらい、分かりやすいものだったのだ。

だが、この、ごくありふれた家庭——少なくとも外側からはそう見える——。どこにでもある大規模マンションの一室、地味な装いの奥様。その人が、これほどのものを所蔵し、熱く語る。

いや、熱く語るというのもそぐわなかった。彼女の表情はベクシンスキーの絵にも負けないほど陰鬱なのだ。にもかかわらず、ケミカルピンクの口紅と目だけがぎらぎらと光っている。

正直、怖かった。隣にいるのが仁でなければ、とっくに席を蹴って逃げ出していただろう。

全ページを見終えた時にはすっかり気持ちがふさぎ、床にめりこむような気分になった。

「本田様のお考えになっているイメージは大体分かりましたが」仁が口を開く。「率直に申し上げて、これをどのように料理に落とし込めば、ご意向に沿えるのか分かりかねます」

ああ……。澄香はひどい疲労を覚えながら考える。いつの間にか苦行の会みたいになっていたが、そもそもこの画集はハロウィンのメニューを組み立てるための参考資料だったのである。

「愚かしいことですね」

思わず腕組みをしてしまう。たしなめるように軽く肘のあたりを引っ張られ、澄香ははっとした。思わず仁の顔を見る。彼がこちらを向いたので、至近距離で視線がぶつかった。骸骨(がいこつ)ばかり見たあとだ。美しく澄んだオタマジャクシ形の大きな瞳は強い生命力を感じさせ、後光が射すかのようだ。つい拝みたくなってしまう。

どさくさまぎれに、仁さん、こわぁい、とか言って抱きつきたいところだが、内心で拝むだけにしておいて、澄香は慌てて腕をほどいた。お客様の前で腕組みをするなど言語道断なのだ。

夫人は仁に向かって続ける。どんな言葉も淡々と一定の速度で抑揚なく語られるのが不気味だ。

「あなたは和食の料理人と聞きました。伝統ある和食の世界では、見立てという手法があるのではないですか」

見立て——。たしかにそれは日本料理の重要な概念だ。澄香も仁と桜子に教わった。簡単にいえば、あるものを別のものになぞらえて表現するということだ。分かりやすい例でいえば、禅寺の庭の白砂で描かれた模様が水、ひいては宇宙を表しているといったようなことである。

和食における料理の盛りつけは、単に美しくおいしく見えるようにとだけ考えられているのではない。花鳥風月、山や川など、季節ごとの風物を表現していることが多いのだ。たとえば、卵の黄身で月を表したり、イカに細かく包丁を入れて焼いたものを松かさと呼ぶのも見立ての一種だろう。そこまでは分かる。しかし、しかしだ——。

澄香はまたしても腕組みをしかけ、おっとと気づいて途中で止めた。

奥様ご推奨のベクシンスキーの何をどう和食に取り入れれば、見立てが成立すると言うのだろうか。

「表現すべきものをおっしゃってください」

仁の言葉に、夫人は首をふった。

「言わなければ分かりませんか。余白を読むのが優秀な和食の料理人ではないのですか？」

思わず、「知らんがな」と言いそうになってしまった。

それから二時間近く話し合ったが、結局、平行線のままだった。理解できないのである。高飛車というか、気むずかしくも難解な夫人の言葉をつなぎ合わせて推測するに、どうやら彼女はベクシンスキーの絵画のような料理を作れと要求しているようだ。

しかし、前述のとおり、ベクシンスキーの絵に描かれているのは、骸骨や廃墟、棺(ひつぎ)などである。しかも、一方で夫人の希望する料理内容は「季節感のある和食」なのだ。

つまり、彼女は繊細かつ精緻な和食をもって、終末絵図を表現しろと言っていることになる。

正気が少しずつずれていくような気持ちの悪さを感じる。

たまりかねて、澄香は言った。

「ですが、本田様。和食というのは季節感はもちろん、日本の文化のようなものも背景にあるのでは……。そこを切り離して、同じ材料を使ったとしても、和食とはいえないのではないでしょうか？」

「視野の狭い」

びしりと言われ、澄香はヒェッとなった。

「和食は世界遺産に登録されたのでしょう。そんな狭量な考えでは、日本の四季や文化を共有できない外国では和食がいっさい再現できないことになりますね」

夫人はベクシンスキーの絵に見入りながら言うのである。

「これから世界に羽ばたいていかなければいけないというのに、料理を作る立場の者がこんな柔軟性のないことでは」

抑揚なく、ぶつぶつと呟く。

何も言わずに黙ってるのが一番ではないかと思いつつ、それでも澄香は懸命に言葉を継いだ。

「いや、それは……私が至らないだけで。本当に優秀な料理人なら、どこにいたって、きちんと表現できると思いますが」

「ならば、おやりなさい」

夫人は仁にそう言って、画集を指さす。

絶対に何かが違う。澄香は懸命に考え、言った。

「何と言いますか、和食というか日本料理って、美を表現するものなのではないでしょうか」

我ながら、いいこと言ったと思ったのもつかの間、

「美しいものを表現。だったら、これ以上に美しいものはないはずです」

という夫人の言葉にあえなく撃沈してしまった。

たしかに、ベクシンスキーの世界観は単に不気味なだけではない。描かれているものは

骸骨や腐敗であっても、グロテスクな感じはあまりなく、むしろ静謐な美しさのようなものがあった。拒絶感を覚える一方、怖いもの見たさとでも言うのか、どこか心惹かれる部分があるのも事実だ。だからといって、この世界観と和食はどう考えたところで絶対に結びつかない。

それでも、仁はこの依頼を受けるつもりのようだった。

「では、参加される人数と、どのような方が見えるのかお聞かせください」

そう訊く。

澄香はてっきり、同好の士が集まり、ベクシンスキー風和食でハロウィンを祝う、きわめて特殊性の高い趣味の集まりなのだろうと思っていたのだが、仁の問いに対し夫人が挙げたのは実に意外な面々だった。

息子夫妻に孫二人、別れた夫、それに妹夫妻、その息子夫婦と子だという。しかも、参加者のうち、もっとも幼い子供は一歳。いちばん上の子でも小学二年生だというのである。まるで普通に親戚が集まるホームパーティーではないか。

「失礼ですが、その方たちもこういった絵がお好きなのでしょうか？」

仁が訊ねる。

夫人は画集から顔をあげた。

「そんなわけないでしょう」

ですよねーと内心深くうなずきながら、澄香は頭を抱えたくなった。

親戚のおばさんからハロウィンパーティーに誘われて、季節の食材をベクシンスキーの絵画に見立てた和食が出てきたとしたら？　――泣く。絶対に泣く。

「しかし、それならば、このようなイメージで料理をお作りしても、皆さんにあまり喜ばれないのではないかと思いますが」

仁の言葉に、夫人は一気に不機嫌な顔になった。

「誰が喜ばせるためだと言ったのですか？」

思わず仁と顔を見合わせる。

「では何のために？」

おそるおそる訊く。

「これは呪いです」

澄香は思わず首を後ろに引いた。

さすがの仁も驚いた顔をしている。

「早く死んでほしいのです」

夫人が淡々と抑揚のない声で言った。全身にざあっと鳥肌が立つ。

「呪いはかけられていることを知ってはじめて効力を発するのです」

仁が立ち上がった。

「申し訳ありませんが、私の料理は皆さんに楽しく召し上がっていただきたいと思って作っているものです。そもそも会の趣旨に合わないようですので」

「断るつもりかっ」

短く言われ、仁も澄香も動きを止めた。

夫人は上目遣いでこちらを見ている。

「愚かしいことですね。楽しく明るいことだけが人生だとでも思っているのですか」

世の中の不快なものを全部思い浮かべ、煎じ詰めたような表情で、憎々しげに彼女は言うのだ。それでいて、言葉にはあまり感情の色がなく、ごく一定のリズムで語られる。

澄香は魅入られたように、この女から目を離すことができなかった。立ち上がったままの仁がふうと息を整える気配がある。

「人生が楽しいことばかりでないことは分かっています。だからこそ、召し上がる方に、せめてその時だけは楽しい気分になってもらえるよう、私は全力を尽くしているつもりです」

「依頼してるのは私ですよ。お金を出すのも私なのですから。彼らの苦しみを見て、私が楽しい気分になればそれでいいではないですか」

仁は澄香の肩にそっと触れ、立ち上がるよう促しながら言った。

「失礼します。私ではご希望に添えませんので、ほかを当たってください」

山田、行くぞと言い残し、玄関に向かう。

だが、澄香は動けなかった。夫人の冷たい手が、テーブル越しに手首に巻き付いていたからだ。

「あ、あの……。離してください」

か細い声に自分でも驚く。

何故そんなものが浮かんだのか分からない。だが、澄香はこの時、オイルと水でできたスノードームを手にしているような気がしていた。不用意に衝撃を与えると、たちまち世界の均衡が崩れ、ちりぢりになって舞い散り、ごくごく常識的な顔をしたキッチンの下から、とんでもなく恐ろしいものが姿を現すのではないか。そんな危うさを感じる。

「私の言っていることは間違っていますか？」

夫人が澄香の顔を窺うようにしながら訊いた。

「間違ってる……のかどうかは分かりませんけど、ご自分の家族ですよね？　その人たちに呪いをかけたいと思う気持ちが私には理解できません」

「理解できない？　こんな簡単なことを？」

澄香はそっと手を引いた。

そのまま、するりと夫人の指から力が抜け、絡みついたものがほどけかけた――。

と思った瞬間、再び、ぐっと力が込められる。

澄香は恐怖にかられ、早口で言った。

「だって、家族でしょう？　私は家族が早く死ねばいいのになんて思ったことはありませ……」

思わず悲鳴を飲み込む。

手首に食い込んだ夫人の指が、今度は締め上げるように、どんどん圧を増していくのだ。

「おやまあ。幸せな人生を歩んできたのですね。でも、それはこれまでが幸運だっただけでしょう。人間、生きていれば、必ず不幸や不条理な出来事に見まわれて、人を恨んだり、憎んだりする日が来る」

「だからって、人が死ぬのを望んだりしませんから」悲鳴のような声が出る。

ようやく夫人の指が離れた。

仁が引きはがしたのだ。仁は澄香を背中でかばうようにテーブルとの間に身体をさし入れ、左手で夫人の指を掴んでいる。仁の肩越しに、ぎりぎりと音がしそうなまでに見開かれた憎々しげな目が見えた。

テーブルの上に、そっと夫人の指が横たえられる。こつりと骨が当たる音がした。

身を乗り出すような姿勢になっていた仁が手を引く瞬間、彼の左手が大きく視界に入ってきた。そこだけ血の気が失せたように見える、生々しい傷あとのある方の手だった。

「誤解、誤解、誤解、ごまかし、誤解」調子っぱずれの歌みたいに夫人がつぶやく。「もう一度、自分の胸に訊ねた方がいいですよ。本当に誰かの死を望んだことはないのですか？　死んでしまえばいいのに、あいつさえいなくなれば自分はなどと……」

夫人の口もとのシワがきゅうっと歪んだ。ケミカルピンクの口紅を塗った唇が、笑っている。

「みなが、あなたと同じではないでしょう」

澄香を抱えるようにして立ち上がらせながら、仁が言う。彼の低い声は、澄香に触れている腕や胸から直接の振動となって伝わってくる。

分かっている。

仁は夫人から澄香を遠ざけるために、盾になっているのだ。けれど、シャツ越しに触れる彼の肌の感触と熱に、思わず抱きしめられているような錯覚を覚え、少しだけ、ほんの少しだけ身をゆだねる。ドク、ドクと力強い鼓動が聞こえた。

その瞬間、仁がぎゅっと腕に力をこめた。——ような気がした。

ほんの一瞬のことだ。勘違いだ、で済ませられるくらいの一瞬。

「さあ、失礼しよう」

仁が姿勢を変えて歩き出す。

「はい」

魔女から逃れるように玄関に向かう。扉を開けると、真正面からまっ赤な夕日が目を射た。

「あなたたちは不倫の関係なのですか？」

背後で夫人の声が聞こえた。咄嗟に意味が分からず、ふり返る。

細く開いた扉の隙間から目だけが覗いていた。肉食獣のそれではない。隙間からこぼれた屍肉を狙うジャッカルのような狡猾な上目遣いだ。

否定する暇も与えず扉が閉まる。だが、完全に扉が閉まりきる間際、澄香はたしかに夫人の言葉を聞いた。

「後悔めさるな」

分厚い扉の向こうで哄笑する声が響いていた。

十月の最終土曜日。アメリカ帰りのお宅のハロウィンパーティー当日だ。

午前中、料理の準備をする傍らで、部屋の飾り付けがおこなわれている。色とりどりのバルーンや人形。おみやげ用のお菓子で溢れんばかりのバスケット。映画やドラマで見たアメリカのパーティーそのものだった。

午後からは、集まってきた近所の親子連れがわいわい言いながら、仁の指示に従い、みんなで料理を作る。お化けグラタンにはかわいいお化けやウインナーのミイラ男がのっかっていて、中からはジャック・オー・ランタンをかたどったニンジンやカボチャも現れる。

キャンディーボックスを模したサラダにエビフライ。からあげ、フルーツポンチ。カボチャのパイは当家の奥様の自慢のレシピ。お母さん方が細工に大苦戦している妖怪のり巻きは、子供たちの大好きなキャラクターの顔を再現したものだ。

笑いと歓声の絶えない一日だった。もともと、料金設定がそんなに安いわけではないので、出張料亭を依頼してくるのは、今回のお宅のように、どちらかというと裕福な家庭が多い。

だが、世の中にはいろいろな事情を抱える家庭があるのだ。当たり前といえば当たり前の事実を、澄香は夏休みのお試しキャンペーンで痛感することになった。やはりキッチンから見えてくることは多い。もしかすると、今日集まった子供たちの中にだって、幸せな日々を送っているとは言いがたい子もいるのかもしれない。

仁が本田夫人に言った、せめて食べている時だけは楽しい気分になってもらえるように全力を尽くすのだという言葉が、改めて胸に響く気がした。

ハロウィンの夜、仁が澄香のマンションまで送ってくれた。その日の出張が長引き、思いがけず帰りが遅くなったからだ。

車中、澄香はどんな顔をしていいのか分からなかった。

どうにか平静を装って車外に出たが、雲の上を歩いているようで、足がふわふわと頼りない。車から降りた仁はオートロックの入り口の前で立っていた。このまま澄香が入るのを見届けて、帰るつもりのようだ。

「あ……お茶でも飲んで行きますか？」

澄香は思いがけず口をついて出た言葉に慌てた。一体どういうつもりなのかと自問自答する。単純な社交辞令のつもりなのか、それとも下心によるものなのか。自分の真意が読めない。自分で自分がコントロールできないのだ。

「冗談はよせ。一人暮らしの女性の家にこんな時間に上がれるか」

「ですよねー」

いかにも彼らしい答えにほっとした。

仁がそう答えるのは分かりきっていた。彼は今時珍しいくらい硬派な男なのだから。だが、もし、彼が違う答えを選んだとしたら？　そんな期待をしてしまう。

とはいえ、実際、こんな狭い部屋に仁を招き入れるのも無理があるか——。

小綺麗ではあるが、狭い蚕棚のような部屋を見まわし澄香は思う。

「でもさあ……」

隣にいない仁に向かって、言ってみる。

「私たちって、ずっとこのままなんだ？」

自分の言葉に落ち込み、思わずベッドに座り込んでしまう。私はいったい何を期待しているのだ。自分たちにとっては、今のこのどこにも行けない状態が最高なのではないかという気がする。どっちの方向に進んでもいずれ行き止まりの壁にぶつかり、にっちもさっちも行かなくなって終わるに違いなかった。

仁の傍にいて、彼を支えたい。その言葉に嘘はない。

だが、同時に澄香はどこか冷めた思いで自分を見ていた。

あり得ないことだとは分かっているが、もし、仁が自分を求めるならば、自分は喜んで彼を招き入れるだろう。そして、そこですべては終わる。

『あなたたちは不倫の関係なのですか?』

不意に本田夫人の言った言葉がよみがえり、はっとした。あの時、この人はいったい何を言っているのだろうと思ったが、たしかに自分たちが今立っている場所はきわめてそれに近い。

許されない恋だ。決してこの川を渡ってはならない。あの人がいる限り——。改めて自分に言い聞かせる。

『本当に誰かの死を望んだことはないのですか? 死んでしまえばいいのに、あいつさえいなくなれば自分はなどと……』

オイルと水でできたスノードームのイメージが立ち上がる。不意に手がすべり、落としてしまった。小さな世界の均衡が破れ、ちりぢりになって砕ける。

もし、由利子が意識を失っている状態でなく、三年前に亡くなっていたとしたらどうだったのだろう？　仁のことだ。彼女への思いを忘れることはないだろう。だが、この先はどうだ？　もしかすると、はるか先には、かすかな光明が見えると自分は思っているのではないか？　少なくとも、何もかもが停止した今の状況よりはずっと希望があるはずだ。

『誤解、誤解、誤解、ごまかし、誤解』

本田夫人の言葉が呪詛のように聞こえてくる。

ごくごく常識的な顔をした自分の下から現れたものの恐ろしさに思わず身震いした。自分は心のどこかで他人の死を望んでいる。

まるで古代ケルトのハロウィンの夜のようだ。

澄香は壁の鏡を見やった。跳梁跋扈する悪霊に捕まり、振り返る。そこに見えるのは自分自身の醜い姿だ。本田夫人はもしかすると、本物の魔女だったのだろうかと澄香は思った。

呪いをかけられたのは澄香だったのかもしれない。

神無月（かんなづき）。サーウィン前の夜。

木枯（こが）らしが窓を叩いている。

忘れられた女優が、永遠に来ない出番を待つ楽屋のような部屋。冷たいベッドの中で澄香は目が冴(さ)え、いっこうに寝付けずにいた。

霜月（しもつき）

ぶさ猫姉弟のあの日の卵焼き

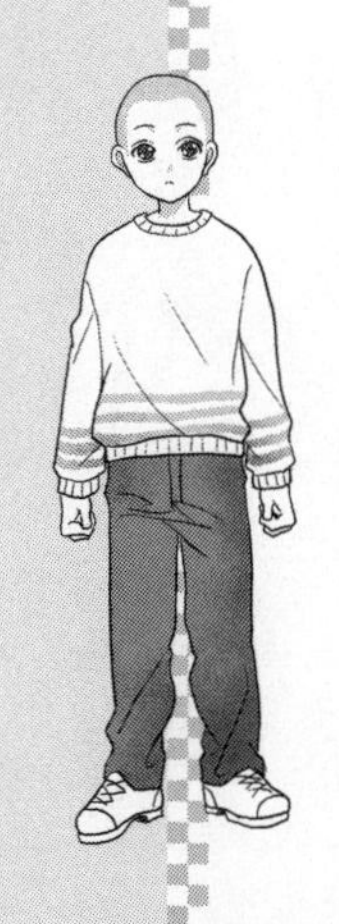

楓蔦黄。もみじつたきばむと読むそうだ。七十二候の一つで、十一月の頭あたりに該当する。

もっとも、澄香の住むあたりでは木々が色づく気配はまだない。朝夕の冷たい空気が秋の終わりを感じさせるものの、まだまだ昼間はあたたかく、霜が降りるにも早いのだ。

だが、料理の上では季節は明確に、そして少しだけ先取りして舞い降りる。

秋の盛りつけの代表は、吹き寄せだ。煮物や揚げ物を彩りよく盛りつけ、風に吹き寄せられた落ち葉に見立てたものだ。旬の魚や肉に、栗やギンナン、サツマイモ、キノコなどを合わせ、色づいたモミジやイチョウの葉などのかいしきを添える。時に栗のイガをあしらったり、サツマイモをイチョウの形にくりぬいたりと、仁は工夫をこらし、美しく切り取った季節をうつわの上に描き出すのだ。

「骨董・おりおり堂」では、オーナーの桜子が花を活けている。その花の様子に、澄香は先ほどから驚いていた。秋海棠（しゅうかいどう）という名の植物で、大きな葉の間から長く伸びた花枝の先でピンク色の花弁がうつむき加減に咲く。光沢のあるきれいなピンクと蘂（ずい）の黄色が可愛らしい花だ。

先月の初め頃、桜子が家の庭から同じ花を持って来た時のことを覚えている。ぷっくりしたピンク色のつぼみと、咲き初めた花が揺れ、まるで可憐なかんざしのようだった。

その日たまたま骨董を見に来ていたアミーガが目にとめ、「アラァ、秋海棠じゃなぁい。まぁ、素敵に活けてあること！　さすがマダムよねぇ」と背後にいる澄香に言った。

「ホント素敵ですよねー。私もこの花、大好きです」

頷（うなず）く澄香に、両手の小指を立てて首を傾げながら花を眺めていたアミーガが、くるりと反転して、じろじろ澄香の顔を見る。

「ちょっとぉ、ヤダー。アンタ、マジで秋海棠が好きなのぉ？」

アミーガはただでさえ大げさな造りの目や口を極限まで大きく開いた。この日は化粧こそしていなかったものの、アミーガの顔はもともと造作が大きく、派手だ。パプアニューギニアあたりの、藁か何かで作られた精霊（という名の怪物）のようである。

「いやああん。かわいそうっ。どこまでも哀れなオンナね、アンタってば」

精霊が踊りながら発した絶叫に、思わず逃げの体勢に入ってしまう。

「えっ？　え？　なんでですか？」

「だーってえ」

奥のカウンターでお茶を淹れている仁に手を振り、くねくねしながらアミーガが語ったところによれば、秋海棠の花言葉は「片思い」「恋の悩み」なのだそうだ。

葉の部分が歪んだハート型に見えるためだろうということだった。たしかに、一見するとハートのようだが、よく見ると、この植物の葉は左右の大きさが違う。片側だけが大きいのだ。

「つまり、それがアンタの恋ってことね。お互いの思いが不均衡なの。アンタの方ばっかり大きくて、相手はフツーってカンジかしらぁ？　あ、相手ってもちろん仁ちゃんのことよ。そうでしょ？　だけど、おあいにく様ね。仁ちゃんの心はアタシのと・り・こ。残念、ヤマダ。アンタの恋は万年片思いの花と散るのよ。あーあぁ。花言葉も時として残酷だわねぇ」

アミーガたちは澄香の置かれている状況を知らないはずだ。彼ら（彼女ら）オネエ軍団は仁の過去を知らない。澄香は内心の打撃を押し隠し、わざと軽い口調を作って言った。

「あー。うーん。大丈夫でぇす。思いの不均衡という点ではアミーガさんには負けますから」

「なぁんですってえ⁉　んまあ、なんて憎たらしい子なの。いい？　よく聞くのよっ。うつけ者のアンタの目には仁ちゃんのアタシへの愛が見えないだけなの。繰り返すわ、見えないだけよ」

「アミーガさん、それってストーカーの理論なんじゃゃ……」

アミーガはキーと高い声を出した。

「おだまりっ。この虫除け女」

桜子が、あらあらと笑いながら言った。

「そういえば、秋海棠の花言葉には〝可憐〟というのもあるそうよ」

「あっ。ソレ、あーたーしぃ」

アミーガが脇の下を隠しつつ手をあげるという古典的ギャグを披露していると、仁がお茶を運んで来た。

「きゃーっ。いやーん。恥ずかしいぃわぁ。違うのよ、仁ちゃーん。山田がアタシにこんな恥ずかしい姿を強要するのぉ」などとまとわりつき収拾がつかなくなる、という半ばお約束のやりとりがあったのである。

今、桜子が活けているのは、その時同様、庭で手折(たお)った秋海棠だ。

なのに、往時の可憐さはどこにもなかった。くすんで茶色っぽくなった花は、ちんまりしぼんで今にも折れそうな茎からぶら下がっているし、葉は半ば枯れ、端の方が破れている。

「こんな花を活けるんですか？」

思った以上に不審そうな声が出てしまい、澄香は首をすくめる。

秋海棠だけではないのだ。ここ、「骨董・おりおり堂」に花が絶えることはない。入口の格子戸脇のショーケースや歳時記の部屋はもちろん、店内の随所に、さりげなく花が飾られている。多くは一輪程度だが、時期によっては、大ぶりの花器に華やかな色合いの花々が活け込まれることもあった。にもかかわらず、今日は店中のすべての花がくすんだ調子なのだ。

よく見れば、秋海棠と同じように夏から秋にかけて、見慣れた花々だ。けれど、どの花も小さく、中にはすっかり枯れ果てて、カラカラに乾いたように見えるものさえある。まるで悪い魔女に呪いをかけられたいばら姫のお城のようだと考え、無意識に浮かんだそのイメージに、澄香は何とも言えない不快感を覚えた。

魔女というキーワードから呼び起こされるものがある。先月、ハロウィンパーティーの依頼をしてきた本田夫人のことだ。不気味な依頼主による、楽しくない方のハロウィンといえばいいだろうか。逃げ出すことに精一杯で、結局、あの人が何をしたかったのか分からずじまいだ。単に澄香たちを脅かして楽しんでいたのか。それとも、本気だったのか。

もしあの依頼を仁が断らなかったとしたらどうなったのだろうと、澄香は考えてみたことがある。真新しい家具の並んだ大規模マンションのどこかちぐはぐな部屋の中で、本当に彼女は嫌がらせのような料理を並べ、自分の家族や親戚に呪いの宣言をしたのだろうか。それはそれで少し疑問だ。

ひねくれ者なので、あんな表現しかできなかったけど、本当は普通に楽しいパーティーをしたかっただけなんだとか……。そうとでも思わなければ、怖いのだ。

仁は御菓子司玻璃屋に呼ばれて出かけた。近くにいる時はそうでもないのに、姿が見えなくなると、彼のことばかり考えてしまう。あの魔女のような女にかけられた呪いのせいなのか。

本田夫人は澄香と仁を見て、「あなたたちは不倫の関係なのですか？」と訊いた。不倫。その言葉は既婚者にだけ使うのだと思っていたが、そうではない。人の道に背くこと。それらすべてが不倫なのだ。

たとえば、意識の戻らないかつての恋人を残し、新しい恋に向き合うこと？　その川を渡るのは人の道に背くことなのか？

けれど、自分はどこかで仁がその禁を犯すことを望んでいる。そうでなければ、自分の恋は成就しないからだ。そんな風に考える自分の心のいじましさに溜息が出る。恋に向き合う時、澄香の心は乱れる。恋愛に対し自信を持てず、どう振る舞えばいいのか、自分が何を望んでいるのかさえよく分かっていないのに、彼を手に入れ自分のものにしたいという欲望だけが日増しに膨らんでいくのだ。

理性がこれは間違いだと止めるのに、心は狂おしいまでに彼を求める。

何だか自分が二人いるようだ。恋愛不全のゾンビと、悲恋に翻弄される恋愛小説のヒロイン気取りの自分。

実は、澄香がこの年になるまでまともな恋愛ができなかったのは過去の辛い体験が原因だった。

中学の時、恩師に抱いてしまった恋心。そのことが招いた壮絶な出来事と理不尽といっていいような周囲の仕打ち。まだ恋が何かもよく分からないまま、一生分の恋の苦しみが降りかかって来たように思っていた。結果、澄香は恋愛に足を踏み入れることを恐れるようになった。それでいて周囲から浮くのも怖く、恋愛もどきみたいなことを繰り返しては疲れ果てる。相手の気持ちを読み切れず、どうやって自分を出せばいいのか分からない。相手に自分を可愛いと思ってもらうのがいいのだと分かっていても、そんな風に思われる自分が耐えられない。

可愛くなんてないのだ。無理にそんな風に振る舞えば、ぎこちなくてきっととてつもないヘマをする。

それでいて、内心ではいつか壮大な恋愛ドラマのヒロインになりたいと思っている。ひどい矛盾だ。

ヒロイン気取りで悲恋に溺れる妄想はぞくぞくするような快感を伴った。恋愛戦線において常に虐げられて来た恋心は急にスポットライトを浴びたみたいに高慢な顔を見せる。たとえば、こんな夢想を抱く。もし、人の道に背いた咎で罰を受けなければならないのならば、自分は甘んじてそれを受ける覚悟がある。だが、仁にはそれをさせたくはない。

でも……。澄香は朽ちた葉を見ながら思う。

もしも、分かれ道で選択を突きつけられたら、自分はどちらを選ぶだろうか。

人の道を行き、仁を諦めるか。仁の手を引き、もろともに修羅道へ落ちるか。

考えれば考えるほど怖かった。怖くて怖くて、どうしようもなくなる。

これから先に起こること。それは道化師の演ずる虚しい喜劇なのか、それとも、もしかして、あの中学の頃みたいに恐ろしい悲劇が降りかかるとしたら――?

自分を花にたとえるのもおこがましいが、そう考えてみるなら、自分はきっと中学の時に開くか開かないかのところで成長を止めて、そのまま立ち枯れしてしまった花の醜い残骸なのだ。そんな忌まわしい存在が恋をする、彼の心を得たいと願うなんて、やはりあってはならないことなのではないかと思う。

「なごりと言うんですよ」

桜子が言った。

「なごり、ですか……？」

「ええ。花も草も、もう以前の輝きはないでしょう。夏や秋の早い時期には明るい陽ざしの下で咲き誇った花々の、やつれた姿ね」

桜子はそう言って、もはや残骸のようにも見える秋海棠をいとおしそうに見やる。その表情はいつもと変わらず、優美だ。やつれるなどという言葉が、これほど不似合いな老婦人も珍しいだろうな、と澄香は考えていた。齢八十を超えながら、かくも若々しい桜子が枯れかけた花を活けているのも奇妙な図だ。

彼女は傍らの澄香に向かってにっこり笑い、続けた。

「それを醜いもの、価値のないものと思って切り捨ててしまえばそれまでだけど……。どうかしら、澄香さん？　こうやって見てみると、これはこれで味があるとお思いにならない？」

そう言われて見直してみると、石を削って切り出したような個性的な花器と破れ葉の組み合わせの妙がわかってくる。

かと思えば、そこいらにあった年代物の蕎麦猪口にいじけたような姿の小菊を一輪。窓から斜めに入る午後の陽ざしが、淡い金色の光を投げかける。憐れというか、つつましやかな佇まいだ。

「あ、あれ？　こんなのって……。考えてもみませんでした」

　感動をうまく言葉にできず、澄香はうわずった声を出した。

「そうよねえ。今の若い方にはなじみの薄い感性かもしれませんわね。行く秋を惜しみ、草花のなごりの姿を楽しむ。でも、年を重ねると、そのいとおしさがひとしお身にしみて感じられる気がするのよ」

　金色の光の中で語る桜子がまるで美しい絵画のようで、思わず言葉を失った。

「あら、澄香さん。どうかして？」

　桜子の声に我に返る。

「あ。いえ……。オーナーがあまりにお美しいので、年を重ねるとおっしゃるのがピンとこないと言うか……」

　自分でも何を言いたいのかよく分からず、澄香は何ともバツの悪い気分になった。

「まあ、お上手ね」

　桜子は、ほほほと笑って、冗談めかした口調で言った。

「でもねぇ、わたくしも着実に年を取っておりましてよ」

「いえ、そんな。オーナー、お若いです」

「あら、いいのよ。だって、人間、一年ごとに年を取るのは当たり前のことですもの。こう見えてもね、以前は楽にできていたことが少しずつ難しくなってきたりもしているの」

桜子はいたずらっぽく目を見開いて笑う。

「サイボーグではないんですもの、当たり前よね。でも、わたくしはなくしたものを嘆くより、手の中にまだ残っているものを慈しむ気持ちを大切にしたいと思っているわ」

以前に同じようなことを聞いた覚えがあった。

六月の花嫁に桜子が贈った言葉だ。ないものを嘆くより、あるものを大切に思う気持ちが実り多い人生を作るといった意味だったように思う。こういう考え方で生きてきたからこそ、この人はかくも美しく魅力的に年齢を重ねることができたのだろう。

澄香は何気なく訊いてみた。

「オーナーが私ぐらいの年齢の時って、何をされてました？」

桜子はびっくりしたような顔をした。が、すぐに愉快そうな色に変わる。

「あら、面白いご質問だこと。そうねえ……何をしていたかしら」

桜子は考えこむようなそぶりを見せた。花の様子を覗き込み、また少し離れて眺め、

「ああ、そうだ」と澄香をかえりみる。

「わたくし、澄香さんぐらいの頃には、ずいぶん苦しんでいたわね」

「えっ？」

にわかには信じられなかった。澄香は何となく、彼女はずっと不自由なく幸せに暮らしてきた人だというイメージを抱いていたのだ。

「あの、それはどういった……?」

遠慮がちに訊く。病気か何かということも考えられるし、それとも子供ができなかったということが関係しているのかもしれない。

あまり立ち入ったことを訊くべきではないか——。答えが返らなければすぐに引こうと思ったのだが、桜子は優しげな微笑を浮かべ、予想外の言葉を口にした。

「そうねえ。恋の炎に焼かれ、心の中は嫉妬や憎しみなどでいっぱいだったというべきかしら」

「え……」

澄香は絶句した。一瞬、自分の心の内を覗かれ、からかわれているのかと思ったのだ。

だが、どうやら彼女の言葉に裏はないようだ。それはそれで、とても意外なことだった。

桜子はいつもにこにこと美しく笑うひとだ。澄香はここへ来てから一度も、彼女が怒ったところを見たことがなかった。それだけではない。彼女が人を悪く言ったり、ねたましげな言葉を口にするのもまったく聞いたことがない。とても穏やかで、心根の美しいひとなのだ。

少なくとも澄香はそう思っていた。

そのひとの口から、嫉妬や憎しみなどという言葉が出て来たことが信じられない。

「あら、そんなに驚かれること? わたくしだって昔はこんなおばあちゃんじゃなかったのよ」

「あ、そんな。もちろんです。オーナーはすごくお綺麗でしたし、ううん、今もお綺麗ですし。そうじゃなくて、いえ、だからこそかな。何かそういう苦労とは無縁のような気がして……」

桜子は品良く口もとに手を当て、噴きだした。

「いやだわ、澄香さん。そんなわけがないじゃない。恋に悩みはつきものでしょうに」

「それはそうですけど……」

澄香は以前に見せてもらったことのある桜子と仁の祖父の婚礼写真を思いだしていた。写真の桜子は二十代前半のように思われた。ということは、それよりもあとの話なのだろうか。

事情がよく分からないが、まさか不倫？　まさかね。このひとに限ってそんな……。

桜子はいたずらっぽい少女のような表情で小首を傾げた。

「秋海棠の花言葉ではないけれど、本当に恋というのはなかなかうまく行かないものね。思った分だけ思い返してもらえるものではないし、ままならないことも多いわ」

まさしくその通りなのだが、これほど魅力的なひとにそんなことを言われては、自分などどうしたらいいのだろう。そのような意味のことを言うと、桜子は笑い出してしまった。

「もうっ、澄香さんたら。どうして、何もかもが思い通りに行くものですか。それに、うまくいかないからこそ恋心が募るのじゃなくて？　最初からうまくいくなら、それはそれで幸せでしょうけど、恋とは呼ばない気がします」

なるほど、そうかもしれない。

桜子が万葉集をそらんじて言った。

「『我がこころ　焼くも我なり　愛しきやし　君に恋ふるも　我がこころから』ってね。うふふ。万葉の時代から同じ営みを繰り返しているんですものね。おかしいこと」

不勉強な澄香のために桜子が教えてくれた。「愛しきやし」とは「いとおしい」という意味だそうだ。

我がこころ、焼くも我なり――。味わうように呟いてみる。

「どうすれば」絞り出すような声が出た。「私はどうすれば、オーナーのようになれますか？」

桜子のように美しく上品に年を重ねるには、まだまだ澄香には足りないものが多すぎる。そんなことは分かっている。だが、今、吐き出したいのはそれではなかった。

澄香は言葉を選び直した。

「オーナーはどうやって、その苦しさを乗り越えられたんですか？」

桜子が少し首を傾げる。澄香は懺悔でもするみたいに言葉を継いだ。

「私も、オーナーみたいに穏やかに笑えるようになりたいんです」

一刻も早く、夜叉のような自分の心から逃げ出して、彼女のように優雅に微笑みたいと望む。

「まあ。わたくし穏やかなのかしら……」

桜子はそう言って、自分の頬に軽く手を当てた。そのままのポーズで、じっと澄香の顔を見る。

「でも、澄香さん。あなたにはそれは少し早いのではないかしら」

「もっと年齢を重ねなければ無理なんでしょうか？」

桜子は左右に首をふった。

「違いますよ。わたくしね、澄香さんがおっしゃるのは満ち足りるということだと思うの」

「満ち足りる？」

思いがけない言葉だ。

「ええ。もしわたくしが穏やかに見えるのだとすれば、それは今、満ち足りて暮らしているせいではないかしら。けれど、恋い焦がれるものがあるならば、心は乱れて当たり前でしょう」

少し間を開け、彼女は続ける。

「それともあなた、もう諦めておしまいになる？」

この人は、澄香の愚かしい恋心も心の内で繰り広げている小ずるい駆け引きも、すべてお見通しなのだと澄香は思った。

「それは……」

「ね、できないでしょう」桜子はあでやかな笑顔を浮かべた。「そんなことをすれば、きっと生涯悔いが残るわ。あの時、諦めなければ良かった、正面からぶつかれば良かったとね。そこに満ち足りた思いはないはずよ。後悔は長い時間をかけて人の心を蝕み続けるものですから」

「諦めなかった？」オーナーは？

桜子がうなずく。

「ええ、そう。たとえ結果が同じでも、何もしないで諦めてしまうより、あがいてあがいて苦しんだ方がずっといいと、わたくしは思ってきたのよ」

からからと格子戸が開き、おとなう声がした。

「あら、お客様」

テーブルに手をつき、ゆっくりと立ち上がりながら、桜子は小声で囁く。

「とことん闘い抜くことね。嫉妬も憎しみも、今のあなたには醜く忌まわしいものに思えるかもしれないけれど、そこを見ないふりで通り過ぎては得られるものなど何もないと、わたくしは思いますよ」

カラコロと小気味よい音を立て、下駄の音が遠ざかっていく。澄香は意外すぎる彼女の言葉を頭の中で繰り返し繰り返し聞いていた。

仁が玻璃屋から帰って来た。今日は出張の予定が入っていないので、そのまま夕食の準備にかかる。いわゆる、まかないだ。

出張がなければ、さほど遅い時間になるわけではない。帰って一人で卵かけご飯でも食べればいいようなものだが、最初の頃に「よろしければごいっしょにいかが？」と誘われたのをいいことに、ちゃっかり澄香も交ざっている。まかないといっても、もともとこの二人は祖母と孫の関係だ。どちらかというと、普通の家の晩ご飯に近かった。さしずめ澄香はそこへ割り込む居候（いそうろう）といった体（てい）だ。

やっぱり厚かましいよなあと思い、遠慮するそぶりをして見せたこともあるのだが、「まあ、何をおっしゃるの。みなで食べるからおいしいんじゃありませんか」と桜子に言われ、「そうですかぁ？（そこまでおっしゃるならぁ）」となって、以降、お言葉に甘えているわけである。

桜子が腕をふるうことも多い。実は桜子も大変な料理上手なのだ。毎度、プロの料理人である仁が作るものと、さして遜色（そんしょく）ない料理が食卓に並ぶ。

「オーナーすごいです。料理までお上手だなんて」

桜子が作った、口の中でとろけそうな豚の角煮があまりにおいしく、泣かんばかりに感激した澄香が言うと、隣で仁がぼそりとつぶやいた。

「俺が料理人を目指したきっかけだからな」

澄香はびっくりした。仁の言葉が、少しばかり自慢げに聞こえたからだ。

この二人を見ていると、時代劇に出て来る武士の家のようだなと思うことがある。世の中の祖母と孫のように、ベタベタしたところがまるでないのだ。よそよそしいとまでは言わないが、互いに一線を引いて、きちんと礼儀を守っているような印象があった。血のつながりのない二人ゆえ、やはりどこかに遠慮めいたものがあるのだろうか。あるいは、もともとそういう家風なのかもしれないが。

いずれにせよ、仁の誇らしげな言葉は驚きだった。さらに言えば、それが料理人を目指すきっかけだというのも興味深い。

自分の知らない仁の昔。いつか知りたいものだと思う。彼のことなら何でも知りたかった。好きなもの、きらいなもの。家族、友達、大切なもの。また、欲深さが頭をもたげる――。

ちなみに、料理店における、まかないは本来、下っ端の若者が修業の意味で作ることが多いそうだ。ここで下っ端といえば、澄香である。仁による特訓の成果で、少しずつ形にはなってきているものの、当然、この二人の足元に及ぶべくもない。たいてい、仁が指導の名の下に手伝ってくれるので、それに甘えてしまっているのが現状だ。

本当は今夜のまかないは澄香が作ることになっていたのだが、思わぬ事情により変更になった。

「おりおり堂」に松茸がもたらされたのだ。しかも、国産。超のつく高級品である。

山田澄香、三十二歳。もちろん、インスタントのお吸い物以外にも松茸を食したことはある。

だが、国産となると、ちょっと覚えがなかった。昨年も姉の布智の家で北米産の松茸を食べたのだが、はるか遠くで聞こえる噂話みたいに、かすかで慎ましやかな香りだった気がする。

そこへいくと、やはり国産は違う。この秋、出張料亭に出かけた先でも、何度かお目にかかったが、それは文字通りお目にかかっただけだ。

世の中にはお金持ちがいるもので、わざわざ国産の最高級品が出回るのに合わせて会席を、という依頼が数件あったのだ。その際に用意された松茸は澄香が予想した値段よりも桁が一つ多いという凄まじいものだった。よもや、そのように高価なものを横からかすめ取って味見、というわけにもいかない。

そこへ到来したのがまさかの国産松茸。藤村公也からのおくりものだった。

その日の午後、藤村が「おりおり堂」を訪ねて来た。

「まあ、藤村さん。お帰りなさい。無事にお戻りになられて良かったこと。何よりですわ」

桜子がにこにこと出迎える。そういえば、この男、三週間ほど仕事でアメリカに行くと言っていたなと思いだした。彼に対してこちらは特別な感情があるわけではないのだが、澄香はつい身構えてしまう。だが、藤村の方はいっこうに意に介する風もなかった。

「マダムの顔を見て、ほっとしましたよ。そして、私の天使、元気にしてたかい？」

などとキザなセリフをすらすらと口にしながら、ごくごく自然な動作で澄香の手の甲にキスをするではないか。

さすが刺客だ。天使とは……。アメリカンジョークですかい旦那、と言いたいところだが、彼が差し出したものに黙らされてしまう。

「アメリカ土産というのも芸がないのでね」

包みを開く前から気配を感じるほどの高濃度マツタケオール。手にずっしりくるカゴだった。ちなみにマツタケオールというのは松茸の香り成分の名前だ。澄香は仁にこれを教えられて以来、妙に気に入って多用しているが、ほとんど誰も知らない。

「まあ、立派な松茸だこと。どうなさったの、こんなに」

思わず桜子と顔を見合わせる。

藤村の知人の山で採れたものだそうだ。毎年、頼んで送ってもらっているが、今年は出張中だったので、いささか時機を失したという。

「いや、彼に怒られてしまいましたよ。もう少し早い時期なら、最高級のものが採れたのにって。僕も早く帰りたかったんだが、向こうで色々あって帰国が遅れてしまいましてね」

「なごりの松茸ですわね」

おほほと桜子が笑った。なごりの花となごりの松茸。実に風流である。

当然食べていくのだろうと思ったが、藤村は急ぎの仕事があるからと、帰ってしまった。

「大丈夫。この程度で君の心が買えるとは思ってないさ」なる言葉を澄香に残して、である。マツタケオールに釣られて方向転換をするゾンビというのも面白いと思ったが、実際のところあまりに自然に繰り出されるキザな言葉に困惑するというのが実情だ。

月の宴の際に桜子と意気投合したらしい藤村は骨董にも興味を持ったようで、こうやって時折、高価な手土産を持ってやって来る。さっきのような冗談とも本気とも判別のつかない言動はあるものの、あれ以来、澄香に対してこれといったアプローチをしてこなかった。

多忙な人でもあることだし、もうその話は終わったのだろうと澄香は思っていたのだ。

というわけで、なごりの松茸。遠慮なくいただくことにする。

桜子が仁の携帯に松茸の到来を告げたので、彼は玻璃屋からの帰りに材料を買って来ていた。

まずはお浸し。ほうれんそうと菊菜をお出汁に浸したものに、炭火で軽くあぶった松茸を合わせるのだ。澄香の大好きないつものお浸しに加えて、松茸がすごい存在感だ。噛むと、こりりとした食感に、ふわぁと香りが拡がり、陶然となるようなおいしさだった。

土瓶蒸しには、鱧と車エビ、ギンナン、三つ葉が入っていた。まずは注ぎ口からお出汁を器に取って、スダチを絞っていただく。上品な薄味のお出汁に松茸、鱧、車エビの味が移り、さらにはスダチが香るのだ。

「あああ、味がっ、贅沢な味がっ」あまりのことに自分でも何を言っているか分からない。

「本当にねえ」

桜子がうなずく。

さっと火を通しただけなので、具材のうまみもきちんと残っており、それぞれの味わいに、ギンナンの苦み、三つ葉の独特の香りがまたアクセントとなって、まさしく味の七変化だ。

さらに、仁が作ってくれたのは、意外なものだった。

「あら、フライにしたの？　珍しいわね」

桜子が目を丸くする。

澄香にとっては、まず松茸自体が珍しいのだが、しかしフライというのはたしかに意外だ。出張先でもお出ししたことはなかった。

「これは白ワインかしらね」

うふふと笑いながら、桜子が冷蔵庫からワインのボトルを出して来た。

「どんな味なんですか？」

澄香の問いに、仁は懐紙を敷いた皿に油を切ったフライを盛りつけながら、うーんと言った。

「松茸の味かな……」

「え」

って、そのままじゃん。思わず内心でツッコミを入れる澄香に皿を渡し、仁は一人で首を傾げつつ苦笑している。どうやら、冗談だったらしい。

半分に割っただけのかなり太い松茸が、さらさらに細かくしたパン粉の衣をまとっている。噛むと、衣のサクッとした歯触りに続いて、コリッ、ぶわっと松茸の味と香りが拡がり、ついでにあまりのアツアツぶりに悶絶した。

きりりと冷えた辛めの白ワインをいただくと、葡萄(ぶどう)の香りと一体となって、まろやかに収束する。これぞマリアージュ。まさに絶品だった。

しかし、何と言っても真打(しんう)ちは、松茸をふんだんに使ったご飯だ。炊きあがりが近くなると、たまらなく良い香りが厨いっぱいに拡がった。茶碗によそうと、あまりの芳香にめまいがしそうだ。

「さあ、いただきましょうか」

桜子が座り直しながら言う。

炊きたてのアツアツを頬ばる。出汁のうまみと松茸の香り、ごはんの甘さが口中いっぱいに拡がり、幸福な熱が食道を通って、五臓六腑(ごぞうろっぷ)にしみわたっていく感覚があった。

「あああー、おいしいっ」

思わずヘンな声が出てしまった。

「ほほほ、いいものを頂きましたわね」

桜子が笑う。

「良かったな、山田」

「え？」

ぽつりと仁が言った言葉に思わず彼の顔を見直す。

「いや……。松茸食べたそうだったから」

仁はそう言うと、こちらに視線を合わせることなく、豪快にご飯を口に運んだ。思わず見とれてしまうような気持ちの良い食べっぷりだ。

うわ、仁さん。気にしてくれてたんだ……。

嬉しくて、しかし松茸に食い意地を張っていた自分が恥ずかしく、澄香は顔が赤らむのを感じ、あわててワインを飲んでいる。

「そういえば、玻璃屋のご隠居がオーナーにお正客をお願いしたいとおっしゃってましたよ」

仁がふと箸を止めて言った。

「あら、玻璃屋さん、炉開きのご相談だったのね？」

お茶を淹れながら桜子が訊ねる。

玻璃屋には茶室があり、先代、つまり松田左門の父上が茶の湯教室を開いていた。桜子の大ファンでもあるこの父上は、還暦を機に店を早々に引退し、隠居宣言をしたそうだ。現在ではお茶に俳句、謡に油絵。それに加えて最近、スパニッシュギターまで習い始めたという趣味人だ。

澄香は「おりおり堂」へ来てから一度だけ、玻璃屋でおこなわれたお茶事に参加したことがある。もちろん裏方としてだが、そこはとにかく、しきたりと手順、謎に満ちたお作法の支配する異空間だった。いわゆる懐石料理をお出しするのが「出張料理人」に課せられた任務だったわけだが、これほどタイミングが難しいものもないようで、さすがの仁もいつも以上に神経を使っていた。

懐石料理は亭主自身が作ることも珍しくはないそうで、さほど品数が多いわけでもないし、奇をてらったメニューもない。その分、素材に出汁、温度や炊き加減など、基本的な質の高さが要求されるわけだが、それ自体は仁の腕をもってすれば、何ということもないものばかりだ。

だが、しっかりと手順を頭にたたき込んでおかなければ、ここぞというタイミングを逃してしまう。早すぎても遅すぎてもダメなのだ。

京都にはお茶事専門の出張料理人がいるそうだが、仁には当然その経験がなく、こちらへ戻ってから玻璃屋のご隠居に、手取り足取り実地に教えてもらったそうだ。

玻璃屋のご隠居様は風雅な趣味人でありながら、左門の生き写しだ。あのみっちりと黒光りした顔や身体をそのまま一回り小さくしたような姿で、息子と同じべらんめえ調で喋る。

「ばかやろおっ。顔洗って出直して来ゃあがれ、コンのすっとこどっこいが」

などという調子で、仁は相当しごかれたらしい。

そのご隠居もお茶事で亭主を務めている間は、きりりと表情が変わり別人のようだった。喋り方や声の出し方までがらりと変わるのだから面白い。

「お茶のあとで、ちょっくらばっか、おいらのギターを披露する会を設けるからよ、その時間も空けておいておくんな、とおっしゃってましたよ」

仁が無表情のまま、ご隠居の口まねをして言う。

激似だ。澄香は噴きだしてしまった。

「あらまあ、それは素敵ね」桜子が多少迷惑そうに肩をすくめ、すぐにいたずらっぽい顔になった。「では、スペインのワインでもお持ちしましょうか」

仁がうなずく。

「ええ。ご隠居様の『ハートは今、人生最大のスペインブームに沸き立っている』そうですから喜ばれると思いますよ。左門にスペイン風の和菓子はどうだと提案して怒られたそうですし」

「あらまあ。ご隠居様ったら」

桜子が華やいだ声で笑った。

お茶の世界で、十一月は特別だ。それまでの風炉から地炉に切り替える開炉に、茶壺の封を切る口切りがあり、〝茶人の正月〟とも呼ばれるそうだ。用意する料理も正月らしいおめでたさで、リストには鯛や伊勢エビ、いくらに数の子と、おせちを彷彿とさせる食材が並んでいる。

松茸の宴の翌日。カウンターの隅でそんな話をしていると、ひょっこり古内医院の老先生が現れた。この人も茶の湯をたしなむお仲間で、同じくお茶事に招待されている。ご隠居のスパニッシュギターの夕べの話を聞くと、何とも言えない表情になって「ほおぉ」とため息をついた。

「耳栓を用意した方がいいのかのぅ」

「いけませんわよ、先生」

などと冗談めかして、桜子と顔を見合わせている。

「おぉ、そうじゃそうじゃ。今日はお裾分けを持って来ましたぞ」

そう言って、老先生が差し出したのは鮮やかな包みに入った千歳飴だった。

「まあ、千歳飴。今年ももうそんな時期ですのね」

桜子が顔をほころばせる。古内医院をかかりつけにしている子供が七五三を迎え、お祝いにと届けられたものだそうだ。

「出張料亭・おりおり堂」にも七五三パーティーの予約が入っている。「骨董・おりおり堂」のカフェの常連である鈴木さんのお孫さんも今年、七五三で、かなり値の張るレストランの個室を借りてお祝いをすることになっているのだと、先日、話していたところだ。

最近ではお参りのあとで、ホテルやレストランの個室を借りてお祝いをするような家も多くなっているのだという。

「子供の数が減ってるからね、どんどん贅沢になってくよ。一族郎党集めてさァ、ちょっとした結婚披露宴並みのもあるらしいってことだよ」

同じく常連の垣田さんが教えてくれた。女の子ならお色直し用のドレスまで用意するようなこともあるそうだ。

ただ、同じお祝いでも、やはり自宅の方が望ましいと考えるお宅もある。下の子が赤ちゃんだったり、あるいは高齢の祖父母、曽祖父母がいて、いっしょにお祝いをしたいと望まれるような場合。または、自宅で少し贅沢をしたいが、準備や後片付けを考えると面倒だと思われるような場合など。仁によれば、去年も何件か依頼があったそうである。簡単なパーティー料理から本格的な和食まで、家や予算によって色々あるものの、思い出になるようなお料理をという希望は同じだ。

子供たちのすこやかな成長を願い、心をこめる。炉開きのお茶事同様、お祝いのメニューを考えるのはどこか心の浮き立つ作業だった。

「時に、仁さん。最近、小山(こやま)さんから連絡がありましたかのぅ？」

お茶を飲んでいた老先生が、ふと思いだしたように言った。

「いえ……」

仁が顔をあげる。

「あら。そういえば、あそこのお宅のお嬢さん、くるみちゃんだったかしら……。もしかして、彼女も今年、七五三なのではなくて？」

親しげな口調で桜子が言った。

「そうですね。弟の大河の方もたしか。二歳違いなので……」

仁は何かを考えるような顔になって、メニューを書いていた手を止めた。

「小山さんに何か？」

老先生は腕組みをして、ムと目を見開く。

「いや、別に何があったというわけではないのじゃよ。ただのう、最近一向に顔を出さぬものゆえ、どうしておるのかと思うてな」

小山さん――？　首を傾げている澄香に、桜子が説明してくれた。

小山さんは二年前に奥さんを亡くし、働きながら子供二人を育てている。いわゆるシングルファーザーだ。奥さんが元気だった頃から古内医院をかかりつけにしていて、奥さんが亡くなったあとも、健康面だけでなく生活面でも色々と相談に乗ってもらっていたらしい。

老先生が言うに、小山さんは生真面目な性格で、なるべく他人に迷惑をかけないようにと、頑張りすぎてしまうきらいがあるそうだ。ただ、そのしわ寄せはどうしても子供たちにいってしまう。姉のくるみちゃんは忙しい父親の代わりとなって、弟の世話を懸命にしているそうだ。

とはいえ、彼女自身がようやく小学校に入ったような年齢だ。学童保育や保育所に無理を言うのも限界がある。下の子が熱を出した時など、小山さんがどうしても仕事に行かねばならず、そのまま古内医院で預かるようなこともあったそうだ。その一家がまったく顔を出さなくなって、もう三ヶ月近くになるという。

誰にも告げずに引っ越したわけではないようだ。というのも、古内医院に勤める看護師さんの子供とくるみちゃんが同じ小学校で、先日、看護師さんは元気に登校するくるみちゃんを見かけたらしい。

「まあ、わしのところへ顔を出さぬということは息災の証拠じゃろうて。結構結構、それならいいんじゃよ。いや、何。仁さんなら連絡を取りおうておるじゃろかと思うただけでの」

桜子がカウンターの奥に貼ったカレンダーに目をやり、言った。

「そういえば、小山さん。そろそろ亡くなった奥様の命日じゃなくて？」

「ええ。去年に伺った時、来年は七五三のお祝いをいっしょにしたいと言ってたんですが……」

仁の言葉に桜子、老先生もまた何となく顔を見合わせる。

「折を見て、一度連絡してみます」

仁の言葉にうなずきながらも、三者三様、少し気遣わしげな表情を浮かべている。

考えてみれば、仁には老先生や左門のほかに、あまり親しく付き合っている知り合いはいないように思われた。オフの日といっても、どこかに出かける様子もなく、暇があれば、「おりおり堂」へ来て、メニューを考えているようだし、そもそも彼は携帯も滅多に見ない。ラインやメールはあまりやらないようだ。

桜子にしても、フレンドリーで気さくな性格ゆえ、あちこちに知己(ちき)がいるし、請われれば親身になって手を貸すものの、こちらの方から押しつけがましく動くことはしない人だと見える。

その二人が何故か気にかけているらしいシングルファーザーと子供たち。

澄香も妙に気になりはじめていた。

秋の日は釣瓶(つるべ)落としと言うが、この時期になるとそれを実感する。あっという間に夕日が沈み、身辺に闇が迫って来るのだ。

お客様のお宅でおこなわれた打ち合わせの帰り、仁と二人で駅までの急な坂道を降りている。

出張料亭の打ち合わせは駐車場所を確認する意味もあって車で訪ねることが多いのだが、今日は珍しく電車での移動だ。依頼主のお宅に駐車スペースがないことがあらかじめ分かっていたからだ。ところが、そこへ向かう途中で急な連絡が入り、澄香たちは電車を乗り換え、来た道を引き返すことになった。

先方の都合で、当日の会場を変更することになったという。

今回の依頼は七月に鱧料理をお出しした神崎家のものだった。

七月におこなわれたのは神崎又造氏の米寿を祝うパーティーだった。今度は、その際にも参加していた三歳の優奈ちゃんの七五三のお祝いをしたいというお話である。

最初の予定では優奈ちゃんと両親、弟が住むハイツの部屋で、ということだったのだが、よく考えればそこは少々手狭であることだし、何よりもバリアフリーとは言いがたい。これでは又造さんたちが参加しにくいだろうという配慮から、又造さんの娘にあたる政恵さん夫婦の家に会場を移すことになったのだ。

政恵さんの夫は建築士だと聞いていたが、なるほどよそのお宅とは少し変わったデザインの家だ。しかしながら、キッチンなどはごく普通のもので、使いやすそうだった。内容も前回のパーティー同様、四世代の家族が集まるお祝いなので、幅の広い年齢層に対応したものというリクエストだ。仁は当日の主役である優奈ちゃんに、「何か食べたいものはありますか？」と訊ね、「うーんとね。はりねずみ！」なる珍回答を得ていた。

例によって、政恵さんの長男が休みの水曜日で、二人の子供を連れた彼が父母宅を訪れている。

彼、太津朗さんは子煩悩な人で、いわゆるイクメンだ。子供の世話もお手の物である。もちろん、見守る父母の目もあってこそだろうが、まったく危なげなく二人の子の面倒を見ている。

「今日は、奥様は？」

澄香が訊いた。隣でメモを取る仁が気にしているのが分かったからだ。

「や、ちょっと……」

明るい性格の太津朗さんにしてはいささか歯切れが悪い。

「やっぱ、彼女もいないとまずいっすか？」

膝の上に、優奈ちゃんの弟ナオくんを座らせて言う。

「いえ。まずいということはないのですが、ご希望をお訊ねできればと思ったものですから」

仁が答える。

「あー。多分、お任せでってカンジだと思うんすよ。あ、ホラ、この前の餃子とか？　あんなカンジで？」

太津朗さんは朗らかな声で笑ったが、ちょっと違和感があった。そもそも、今回のパーティーは太津朗さん夫妻の主催との話だ。だからこそ当初は彼らの家でおこなうことになっていたのだ。

　帰り際、政恵さんが門の外まで見送りに出て来た。

「ごめんなさいね。バタバタさせちゃって」

「いえ。もし人数の変更があるようでしたら、できるだけ早くお知らせ下さい」

「あ……そうね。そうします」

　別段、珍しいやりとりでもないのだが、政恵さんは何か少し含みがあるような顔をした。

「仁さん。優奈ちゃんたちのママ、どうしちゃったんでしょうね。何かあったんですかね？」

　帰り道、並んで歩きながら澄香は仁に言う。

「さあ」

　不機嫌とまではいかないが、素っ気(そけ)ない返事だ。実に素っ気ない。

　さすが仁さん。人様の事情を詮索するような話は嫌いなのよね。そうだよねえ。ウン。

たしかに噂話好きの仁さんってのもイヤかも……。

いや、だけどね。気になるのは事実だし、仕事上重要なことではないか。何も恥じることはあるまいぞ、とも思うのだが、実際に会話がこういう展開になると、自分一人が〝おばちゃん〟化しているみたいで、まことに遺憾だ。

「体調を崩されたとかじゃなきゃいいけど」

「あ……本当ですよねえ」

ぽつりと言う仁の言葉に、澄香は慌ててうなずく。

「離婚の危機とかじゃね？」とか一瞬でも考えた私に石を投げてくれ。と思ったが黙って歩く。

それにしても寒い。

この季節の寒さは別格だ。むろん、真冬に比べればさほど気温が低いわけではない。そうではなくて、何か別種の寒さがあるような気がする。特に昼間が暖かかった日など、日没後、急速に気温が下がっていくのを身をもって感じつつ、思うのだ。

薄着だからというのではない。どんなに暖かい服装をしても、それとは別の寒さが身にしみる。

切なさとでも言うべきものだろうか。

山田澄香、独身。三十二歳ともなれば、その正体は何となく分かっている。

恋しいのは人肌のぬくもりだ。

しかしだ、と澄香は思う。

これぱかりは正解が分かっても、そう簡単に得られるものではない。通行手形もなしに闇雲に他人に抱きついては、恋するゾンビもただの犯罪者である。

このような場合の通行手形とは、やはり付き合っているとか、その前段階なら「好きです」と勢いを付けて相手に飛び付くか、だ。

思わず、仁にふらふらと飛びかかりそうになり、慌てて澄香は立ち止まった。ダ、ダメだ。隣にいるこの人は幽霊なのだと自分に言い聞かせる。姿は見えるが、抱きついた途端に霧散してしまう実体のない存在なのだ。そうとでも考えなければ、自分を抑えられない。

とことん戦い抜くことね――。ふと、桜子に言われた言葉を思いだす。

歩道沿いに、紅葉した蔦のからむ高い塀が延びていた。晩秋の夕暮れ、実にロマンティックなシチュエーションだ。闘いの火蓋を切るには、おあつらえ向きの舞台だろう。

「仁さん、好きです」と言い募り、塀際に追い詰める。逃げ場はない。彼はどう出るだろう。

頭の中で数回シミュレーションをしてはみたものの、その一歩を踏みだせずにいる。もしかすると、それは突破口を開くかもしれないし、やはり取り返しのつかない結果を招くかもしれない。

背後の不穏な気配を察したわけでもなかろうが、歩いていた仁がふと立ち止まり、ふり返って言った。

「今夜、何食べたい？」

「え」

思いもかけぬ言葉の破壊力に、思わずぐらりと倒れそうになる。これがよからぬもの(ゾンビ)を祓うための呪文だとしたら、すごい威力だ。

一体、これを聞いて誰がまかないの話だと思うだろう。

「おっ、おでんか湯豆腐っ」興奮のあまり、唾が飛んでしまった。

仁は、左手の腕時計に目をやり、んーと言った。

「おでんはちょっと時間が足りない。じゃ湯豆腐だな」

あああ、湯豆腐でも水豆腐でも、アナタが作って下さるのなら、ワタシに異存はありませんともっ。喜びのあまり足取り軽く数歩行く。しかし、一瞬の喜びが冷めてしまうと、余計に秋の風が身にしみる気がした。

ふふふ。ええ、そうね。分かっているわ。これはごまかし。

澄香は(エア)トレンチコートの襟を立ててうなずく。

得たくとも得られない日々。そのような場合の代替手段を知るのも、独身女性の知恵だ。人肌に代わるもの、それこそずばり、おでんと湯豆腐。そして熱燗。

全身でそれらを欲する季節の到来である。

「骨董・おりおり堂」が建つ界隈には、おいしい豆腐を売る店が二軒ある。一軒は配達もしてくれるのだが、残念ながら店じまいが早い。

この時間でもまだ開いている方の店に寄るため、いつもとは違う側の改札から出た。こちらの改札は昔ながらの下町に繋がっており、落ち着いたたたずまいの反対側とはずいぶん雰囲気が違う。よくいえば活気があり、少し猥雑(わいざつ)でもあった。改札を出る前から、焼き肉や煮込み料理のいい匂いが流れてくるのだ。

「ジーンッ」

雑踏の中、妙に通る高い声が聞こえた。

驚いてふり返る澄香の目に入ったのは、行き交うサラリーマンにぶつかりながら、細い足でこちらに向かい、よろよろと走り寄って来る子供の姿だった。くりくりした目で、何故か丸坊主にした男の子だ。

おっ、こういうの見たことあるぞ、と澄香は思った。味噌汁のお椀を持たせれば似合いそうだ。小坊主は仁の足の高さまでしか身長がなく、手を伸ばして彼の上着の裾を摑み、顔だけ上向けてまとわりついている。

「どうした、タイガ?」

驚きながらも仁が、あやすように振り回してやりながら訊く。

タイガ?　ツンドラ?　あ、大河かと気づいて、澄香は言った。

「仁さん。もしかして、この前話に出ていた小山さんのお子さんですか?」

「うん……。けど、大河。お前一人なのか?」

周囲を見まわしていると、今度は女の子がだーっと走り出て来た。

「大河、ダメでしょ」

しっかりした口調で小坊主を叱りながら、手を引き、仁から引きはがそうとする。

どうやらこちらが姉のくるみ嬢のようだ。

「くるみちゃん、お父さんは？」

仁がキャッキャと声をあげる小坊主を担ぎ上げておろしながら、訊ねる。

くるみ嬢は怖い顔をしていた。険しい表情のまま、無言で首をふる。

う、うむ、この顔は……。澄香は思わず笑いそうになるのをこらえていた。

くるみ嬢の表情が、この前、お客様宅で見たブサ猫に酷似しているのだ。ブサ猫は、不機嫌なモップ（モップに不機嫌もなにもないが）を丸めたような顔をしており、そこのお宅では「恐怖の大王」と呼ばれていた。

いやダメだダメだ。人間のお子さん、しかも女の子なのに、ブサ猫と似てるなんて。そりゃあまりに失礼だろう、と自らをたしなめる。——のだが。

どうして？　何がアナタをそんなに頑なにさせているの？　と言いたくなるほど、顔のパーツをぐしゃりと中央に寄せて、しかめっ面を作っているのだ、くるみ嬢は。

先ほどまでお邪魔していたお宅の優奈ちゃんとつい比べてしまう。顔立ちが曽祖父の又造さんにそっくりなのはさておき、屈託のない表情や笑顔が子供らしくて愛らしい優奈ちゃんだ。

「行くよ、大河。来なさいよぉ」

そう言って無理やり弟の手を引っ張るのだが、大河は仁にくっついて離れようとしない。

「くるみちゃん。一緒に行こうか？」

仁の言葉を聞くと、くるみ嬢は憤怒（ふんぬ）の表情を浮かべ、弟の坊主頭をひっぱたいた。ぺちんと音がし、次いでぎゃああと大河が泣き声を上げる。

「ダメなんだよぉ、大河。おばちゃん待ってるでしょう」

苛立（いらだ）ったようにそう言うと、泣きじゃくる弟の手を乱暴に引っぱって小走りに去って行く。

仁は表情こそ変えなかったものの、少しばかりショックを受けているようだ。

ずっと一緒にいるせいだろうか。澄香には、言葉にしない彼の気持ちが何となく分かるようになっていた。

「仁さん、私ちょっと見て来ます」言い残して後を追う。

券売機の脇にベビーカーが見えた。中の子供はあたたかそうな布にくるまれて眠っている。傍らに若い女性がいて、片手にスマホを持ったまま、くるみ嬢と泣きじゃくる弟に何か話しかけている。よく見ると、女性の横に子供がもう一人いるようだ。大河と同じ年頃の女の子だ。

不思議な印象の女性だった。地味なのか派手なのかよく分からないのだ。上半身だけ見ると、学生のような紺のウールコートだが、足下に目をやると、覗いているのはグレーのボーダーのニーハイソックスにブラウンのボアのブーツ。色合いによってはとんでもなく派手ないでたちだと思うのだが、色数が少ない分、一見すると、とても地味に見える。

髪は特に珍しくもないセミロングで、上半分が黒く下半分が茶色。要するにもう何ヶ月も染めていないということだろう。

メイクは地味だ。寂しげな顔立ち、薄いメイク。だが、おとなしげかと言われると、少々首を傾げたくなる。どうもそれだけではないようなのだ。何かその奥に秘められたものが、ちらりと見えた気がした。

「あ、あの。すみません」ちょっと迷ったが、澄香は思いきって声をかけた。

「はい？」

「えーと。そのですね、私の連れがこの子たちと知り合いだったみたいで、大河君、泣いちゃったものですから気になって……。あ、ご親戚の方ですか？」

できるだけ下手に出たつもりだったが、相手に警戒心を抱かせるには十分だったようだ。彼女はシャッとカーテンでも引くように、浮かべかけていた笑みを顔面から引っ込めてしまった。

「違います。さ、行くよぉ」

幼い子供たちに声をかけ、ベビーカーを押して商店街の方へ歩き出す。ベビーカーに手をかけ、女性と並んで歩く女の子。少し遅れてこちらを振り返り、振り返り、仁の姿を捜しているらしい大河と、その手をぐいぐい引っ張っていく、くるみ嬢が妙に印象的だった。

「くるみちゃんって、難しいお子さんなんですか？」

「あら。そんなことはないはずよ」

桜子は駅での出来事を聞くと、熱燗の用意をしながら、首を傾げた。

「おかしいわねえ。仁さんにもあんなに懐いてたのに」

意外なことに、仁は子供や犬によく懐かれる。身体も大きいし、どちらかというと無愛想なので、子供にとってはかなりの威圧感があるのではないかと思うが、そうでもないらしい。特に女の子からの人気は絶大だった。五歳にもなると、既に彼のイケメンぶりを認識しているらしいのだから、幼くとも女は女、侮（あなど）れないものである。

それにしても、ブサ猫「恐怖の大王」の場合、不機嫌そうな顔をしてはいても、実は内心ご機嫌だったりするそうだが、くるみちゃんは本気で不機嫌だったようだ。普段はそんな顔はしないらしい。しかも、あえて仁から弟を遠ざけようとしていた様子なのが気になった。

「でも、その女の方って、一体どなたなのかしらね？」

桜子が言う。

くるみ嬢は、おばちゃんと呼んでいたが、桜子によれば、小山にはきょうだいもおらず、そもそも頼れる親戚はいなかったはずだという。

「ベビーシッターとか、近所の保育ママさんとかでしょうか」

「そうかもしれませんわね」

湯豆腐が煮えた。使う豆腐は絹ごしだ。本来は木綿（もめん）を使うそうだが、今夜は絹ごしなのだ。

豆腐屋の前で仁に訊かれた。

「山田、どっちが好きだ？」

「え、どっちって、仁さんに決まってるじゃないですか」

比較の相手が何なのか考えもせずに即答し、仁に苦笑されてしまった。

「バカ。豆腐の話だよ」

あああ、何ぃ、このやりとり！　いやーん。なんっか甘ぃい。

乙女妄想に頬を赤らめる澄香に構わず、仁は豆腐屋のおかみさんと世間話を始めていたが。

というわけで、澄香の希望を聞き入れてくれた結果の絹ごしなのだ。

昆布を敷いた土鍋の中で、ぐらぐらと煮え立つ豆腐を、と言いたいところだが、豆腐は煮立ててはいけないそうだ。すが入ってしまうのだ。湯の中で揺らめいたあたりが食べ頃らしい。

湯気越しにじっと見ていると、照明を浴びて、絹ごしの白い肌がゆらりと揺れた。

「さあ澄香さん。いざ、食べ頃でしてよ」

「はいっ」

まずは何もつけずに、アツアツの豆腐を口に運ぶ。ふうふう言いながらいただくと、大豆の甘みと香りが、ほわあと拡がった。文字通り絹のような感触を飲みこむと、喉から食道にかけて熱が転がり落ちていくのが分かる。

心のすきま風を打ち負かす、幸せの瞬間だ。追い打ちをかけるように熱燗をきゅっとやる。

澄香がお味見をした自家製ポン酢を付けて、一杯。ネギや生姜の薬味を足して、一杯。桜子が作った自家製七味をかけて、一杯。

冷えた身体と心が、じわぁと温まってくる。

「わっはっは。男が何だよ、秋風ェ⁉　んなもん、寒かねんだよ」と強気になって叫んでしまいそうだった。

いかんいかん、と我に返る。つい毎年の湯豆腐初日みたいな気分になってしまったが、今年は違う。何と言うても、目の前に愛しい男はんがいてはりますねんで――。

胸の内、あやしげな京都弁で、澄香は何の気なしに舞妓さんのマネをしたつもりだったのだが、そこから想起されたのは夏に京都から来た彼女と、美しいその姉のことだった。一瞬で酔いが覚めてしまった。一時的に湯豆腐で心を強くしたものの、状況は何も変わっていない。明日からはまた一段と秋風が身にしみるだろう。

澄香は少しぬるくなった燗酒をほろ苦い思いでいただいた。

翌日の夜、秋風が身にしみるなか出張先から戻り車を降りると、店の前に見知らぬ男が立っていた。スーツ姿で手にはカバンを提げたサラリーマン風だ。ベビーフェイスのせいか、ずいぶんと若々しい。新卒そこそこかと思ったが、街灯の下でよく見ると、疲れが顔ににじみ出て妙にくたびれた印象に変わる。

「橘さん。すみません、連絡いただいてたのに。なかなか出られなくて」

そう言って、ぺこりと頭を下げる。どことなくクマっぽい。ずんぐりむっくりというわけではないのだが、スーツの背中や腰あたりの肉付きが特にいいようで、妙に人間っぽい動きをするクマといった印象だ。

「お久しぶりです、小山さん」

答える仁の声が、どこか嬉しげに響き、澄香は驚いた。普段あまり感情を表に出さない仁としては珍しいことなのだ。

実際、珍しいことだらけだった。

二人は「骨董・おりおり堂」のカフェスペースでテーブルを挟み向かい合って座っているのだが、何故かお互いに対して照れがあるようなのだ。当たり障りのない話をしながら、目の前の相手に慣れるのを待っているかのようだ。

仁の小山を見る目が、まるで憧れの人でも見るようだし、小山が仁を見る目に至っては、眩（まぶ）しいものでも見るようだった。それでいて、二人とも真正面から相手を見ようとはせず、相手がこちらを見ていない時に見つめ、相手がこちらを向くと、さっと視線を逸らしてしまう。

え、ちょっと何なの、この微妙な雰囲気は……。い、いや、ヘンなことを考えてはいけないわ。仁さんはゲイじゃないはず。その道のプロであるアミーガ様たちが言うのだから間違いないはず。

「どうぞ」

何でもそういう風に考える風潮はどうなんだ、などと思いつつ澄香がお茶を出すと、小山は明らかにほっとした様子で、肩の力を抜いた。

「そういえば、今日はオーナーさんはもうお帰りになったんですね」

「ええ。小山さんが来られると知っていれば、お待ちしてたと思いますが。呼び戻しましようか?」

仁の言葉に小山はガタンと派手な音を立てて立ち上がった。

「あ。いや。今日は……。ってか、正直に言うと、顔を合わせづらいんですよ。あれだけお世話になったのに、すっかりご無沙汰してしまって」

小山はそう言って、はははと笑い、クマのような背中を丸めている。

「まあ、小山さん。再婚なさるの? おめでたいこと」

桜子が上品な笑みを浮かべる。

「くるみちゃんたちに新しいお母さんができるのね」

祝福しながらも、彼女の言葉はどこか気遣わしげな響きを含んでいた。

「もしかして、この間、澄香さんがお会いになった方なのかしら?」

その通りだった。澄香たちがベビーシッターかと思った女性は小山の再婚相手だったのだ。

小山は現在、三十八歳。お相手の女性は十歳以上年下で、大河と同い年の女の子と一歳の男の子を持つシングルマザーだそうだ。

「ま、ずいぶんとお若くていらっしゃるのね」

そうなのだ。澄香より五歳以上も下で二人の子持ち、しかもバツイチ経験者である。

結婚、出産、離婚、再婚。同じ女でありながら、先方はずいぶん先のステージへ進んでいるものだと、妙なところで感心してしまう。

二人は、たまたま小山が誘われて出かけた一人親の集い(つど)で知り合ったそうだ。小山としては、別に伴侶を探す目的などではなく、同じ境遇の人に色々と相談できればいいなという程度で参加したところ、思いがけず彼女と意気投合したものらしい。決め手になったのは、彼女が自身の子と、くるみちゃん姉弟を分け隔てることなく接する姿だったと、小山は言っていた。

小山は配偶者と死別、彼女は離別だそうだが、現在は双方とも独身なのだ。何ら問題はないはずだ。よくある話なのだろう。

そうも思うのだが、澄香には一つだけ、どうにも引っかかることがあった。

仕事帰りの小山がわざわざ仁に会いに来たのは、七五三の件を断るためだった。彼女の親戚が経営しているお店を貸し切りにして、双方の親族の顔合わせを兼ねて、七五三のお祝いをすることになったのだそうだ。

「すみません、橘さん。去年からの約束だったのに」

小山が申し訳なさそうに身を縮める。

「いえ、とんでもない」

仁は首をふった。

「亡くなった奥様の命日の方はどうなさいますか？」

「それをご相談したくて今日は……」

小山は声を潜め、そう言った。


一年に三度、仁は小山宅を訪ねることになっていた。

三月は大河、六月はくるみの誕生日。そして、亡き奥様の命日である十一月だ。

そういえば、六月のいつだったか。土曜だったか、日曜だったかよく覚えていないが、「今日は半分プライベートだからいい」と澄香を伴わず、仁が一人で出かけたことがあった。今、思えばあの日がそうだったのだろう。

「それはお料理を作りに行かれるってことですよね？」

小山が帰ったあと、澄香は訊いた。仁はうなずき、遠くを見るような目になった。

「あの人は料理があまり得意じゃないんだ。仕事も忙しいし無理ないけどな」

普段はどうしても出来合いのおかずを買って帰ったり、外食をしたり、市販のお弁当で済ませることが多いのだそうだ。

「ああ、なるほど。それで、仁さんがお料理を作りに……」

なんか、彼女が料理を作りに行くような図式ではあるが、仁はプロなのだ。子供の頃から定期的にプロの味を味わう機会があるとはうらやましい限りである。

澄香はそう思ったのだが、仁は「いや」と言った。

「俺があそこで作るのは、いわゆる家庭料理だから」

「あ、そうなんですか……」澄香は半分首を傾げつつうなずく。

たしかに、「出張料亭・おりおり堂」にも家庭料理の感じでお願いしますというオーダーがたまにあった。あまり贅沢な食材や気取った料理では緊張するからなどと言う方もいるのだ。ましてや、普段から手料理をあまり食べる機会がないのなら、凝った和食などよりも、ごく当たり前のおかずのような方が嬉しいのかもしれない。

特別な日やパーティーの折に呼ばれることが多いので、そんなものだとばかり思っていたが、考えてみれば、料金的な問題さえクリアできれば、家庭料理もそれなりに需要がありそうだった。

「今さらですけど、家庭料理ってどういうものなんでしょう。メニューそのものが違うのかな？　それとも、作り方が違ったり？」

澄香の問いに、仁はうなずく。

「どっちも。たとえばカレーだって、スパイスから配合するのと市販のルーを使ったのとじゃ印象が違うだろ」

なーるーほーど。うなずく澄香に、仁が慌てたように付け足し苦笑した。

「あ、でもカレーは作らない。小山さんの数少ない得意料理だし」

小山の得意はカレーと野菜炒めのみだそうだ。澄香が「おりおり堂」へ来る前の状態と非常に似通っていて、妙な親近感を覚える。プラス卵かけご飯が澄香の得意料理ベスト3なのである。

「けど、小山さんって、あまり人に頼ろうとしない方だって老先生がおっしゃってました

よね。その小山さんが頼って来られるって、よっぽど仁さんを信頼なさってるんですね」

澄香は普段、あまり仁を持ち上げるようなことは言わない。料理に関しては澄香ごとき

に褒められても嬉しかろうはずもなく、また何かの折にお追従(ついしょう)めいた言葉を口にしたと

しても、即座に「やめろ」と言われてしまうからだ。

だが、今、こんなことを言ったのにはわけがある。

仁がひどく落ち込んでいるように見えたからだ。さらに言えば、仁と小山の関係が今ひ

とつよく分からないのがもどかしく、探りを入れたい気持ちもあった。

「頼られてるわけじゃない。俺が頼まれたのは奥さんの方にだし」

「え、どういうことですか？」

意味が分からず聞き返す澄香に、仁はちらりと壁の時計に目をやった。

「話、長くなるけどいいか？」

「もちろんですよ！　何なら朝までだってお付き合いしますけど」

「バカ」と言われてしまったが、好きな人の語りを聞くのだ。これ以上の悦楽があるだろうか。

そう喜んだのも束の間、仁の話は実に切ないものだった。

「俺が作ってるのって、亡くなった奥さんのレシピなんだ」

テーブルに頰杖をついて、反対の指でグラスから落ちた水滴をなぞりながら仁が言う。

小山の奥さんは亡くなる一年ほど前から少しずつ自分の料理のレシピを書き記していたのだそうだ。残された夫のために、子供たちのために。彼らがおいしいおいしいと食べてくれた料理の味を伝えておこうと考えたのだという。

奥さんの入院中、見よう見まねで小山も試みてはみたのだが、ちっともうまく行かなかった。元々あまり料理の経験がないうえ、今よりもまだ幼かった子供たちの世話、奥さんの見舞いに、仕事。眠る暇もない忙しさに加え、残された時間があまりないという焦燥感。どんどん追い詰められていく小山を見かねた古内医院の老先生が、仁を紹介したのだそうだ。

仁が京都から戻って少ししてからのことだ。

左門流に言えば、仁が〝やさぐれていた〟時期ということになるだろうか。

「もう料理なんて二度としないと思ってたんだけどな」

仁は背もたれに身体を預け、長い脚を投げ出した格好でつぶやく。

「いや、できなかった、か……」

手にしたグラスをそっと唇から離し、目を伏せる。

「怖くてさ」

澄香は黙って、ため息のような彼の声を聞いていた。言葉を差し挟むことはできそうにない。何を言っても、彼の辛い記憶の慰めにはなりそうもなかった。

それでも、仁が足を踏みだせたのは、彼女のレシピがあったからだそうだ。

「レシピ通りに作るなら、俺にもできるかなと思ったんだ」

その言葉だけで、どれほど彼が傷ついていたのか、胸に迫ってくる気がする。

結局、仁はそれから毎日、小山宅に出かけ、奥さんのレシピで料理を作って、子供たちに食べさせていたのだそうだ。道理で、大河の懐きようにも納得がいく。老先生や桜子も頻繁（ひんぱん）に顔を出し、子供たちの世話を買って出てくれたそうだが、料理を作っていたのは仁だけだ。

「何だろうな……。あの頃、頭の中が空っぽな状態で、ずっと作ってた」

「どんなレシピだったんですか？」

澄香の問いに、仁は少し笑った。

「ごく普通の料理だよ。難しいわけでもないし、手抜きも多いし、おいおい、これはないだろうって言うようなことも書いてあるんだけど、ひたすらその通りに作ってた」

亡くなる前の週、一日だけ奥さんが帰宅した。休みを取った小山と子供たち、奥さんとが水入らずで過ごせるようにと、仁は彼女のレシピで料理を作り置いて帰ったそうだ。

翌日、奥さんが会いたいと言っているからと呼ばれ、小山宅を訪ねた仁は、彼女から頼まれたのだという。

子供たちそれぞれの誕生日に、料理を作ってやってくれないかと——。

大河が生まれてしばらくして病気が見つかった彼女には心残りがあったそうだ。

当時、まだ五歳と三歳だった幼い子供たちに親らしいことを何もしてやれなかった。ディズニーランドや旅行にも連れて行ってやれなかったし、人並みの楽しみを何一つ体験させてやれなかった。せめて、みんなで食べたご飯の記憶を思い起こして欲しいから。二人が大きくなるまで毎年、この料理を作ってやって欲しいと。

「卵焼きが特にあいつら好きでさ……。俺なんかからすると、ちょっとどうかなって思うくらい甘い卵焼きなんだけどな」

仁が懐かしそうにつぶやく。

奥さんがこの世で最後に少しだけ口にしたのも、その甘い卵焼きだったそうだ。

そんなこともあって、仁はこれまで毎回、メニューを変えながらも、その卵焼きだけは必ず作っていたらしい。

小山は一年に三回、仁を迎えるその習慣を続けるべきかどうか悩んでいるのだと言っていた。再婚相手の女性が、亡くなった奥さんの記憶に繋がるものを受け付けないのだそうだ。

「彼女の言い分も分かるんですよ」

小山は申し訳なさそうに言う。

「子供たちが、死んだ妻のことをお母さんだと記憶している以上は、自分たちはちゃんとした家族になれないって言うんですよね、彼女」

壊れた家族の片割れ同士がくっついて新しい家族を作るんだから、過去は過去として、捨ててこなきゃならない。というのが彼女の言い分だそうだ。

なるほど、それも分かる気もする。

「小山さんはそれでもいいんですか?」

仁が訊いた。

決して非難するような調子ではなかったのだが、小山にはこたえたようだ。

「よくはない……よくはないですよ。けど、それは自分が男だからなのかとも思うんです。母親になる女性の気持ちとしてはまた違うのかもしれない」

小山が意見を求めるように澄香を見るので、考えてみた。

もし、自分がその立場だったとしたらどうなのだろう。

たしかに、他人の子を自分の子と同等に愛せと言うのは難しい気がする。ましてや、小山の話によれば、忙しい彼に代わって、現在すでに彼女が子供たちの世話をしているそうだ。

だからこそ、彼はこんな時間に仁を訪ねる余裕もできたわけである。

「子供好きで世話好きな女性でね、本当に頭が下がる思いですよ」

小山はそう言って、自分に言い聞かせるかのようにうなずいている。そんな彼の話からは、なんとなく透けて見えるものがあった。

彼女の前夫は「ひどい男だった」らしい。DVやギャンブル、借金に耐えかねて離婚したものの、養育費は支払われず、幼子を抱えての再就職もままならない。両親は離婚しており、身を寄せる実家もなく、彼女は子供を連れて友人の家を転々としていたそうだ。

子供の世話に疲弊した小山と生活の保障が欲しい彼女。ある意味、利害が一致しているのだ。別々の家族が一つになるために思い出を捨てる。残酷なことのようにも思えるが、それで彼女が小山の子供たちを自分の子供と同じように愛してくれるというのなら、犠牲にしても仕方ないものなのだろうか。

犠牲になるのは、亡くなった母親に繋がる記憶か。それとも、これまでの思い出全部？

澄香には分からなかった。

「Ｏｌｅ！」

「Ｍｕｙ　Ｂｉｅｎ!!」

灼熱(しゃくねつ)のスパニッシュナイトだ。

ご隠居様のギターが奏でる情熱的かつ哀愁を帯びた旋律、躍動するリズムに宴は最高潮を迎えた。この日のために、一部をグロッタ（洞窟）風に改装したという玻璃屋のガレージが舞台だ。

ドレス姿で駆けつけたアミーガ様たちがフラメンコを踊っている。淫靡(いんび)な赤い照明を浴びて、首筋の汗がぎらりと光った。

静けさと心地よい緊張に満ちた昼間の茶事とは正反対の空間だ。桜子や古内の老先生を筆頭に、お茶事に招かれていた客たちも着物を着替え、すっかりリラックスした様子で顔を見せている。

猛特訓の成果で、ご隠居様は格段に腕を上げたそうだ。これは耳栓はいらなんだわ、と老先生が桜子と笑い合っている。

「てやんでぇ。ここは日本だぞ、クソ親父めがっ」と毒づきながらもノリノリでリズムを取っている左門を始め、古内の克子(かつこ)先生にナースの皆さん、近所の魚屋や洋品店の人たちなど、ごく親しい内輪の集まりといった面々だ。

客席は特になく、「御菓子司玻璃屋」と書かれた配達用の車と並んでガレージに置かれた丸椅子やベンチなどに、思い思いラフな感じで腰かけている。

隅の机にはスペインワインやシェリー酒などが並べられているが、一番人気は仁が作ったサングリアだった。赤ワインにオレンジやりんごなどのフルーツを入れ、少し甘みをつけた飲み物だ。澄香も飲んでみたが、フルーツのさわやかさにシナモンがふわりと香り、エキゾチックな味わいがスパニッシュナイトの異様な盛り上がりにぴったりだった。お酒に弱い人はソーダで割ったり、強い人はブランデーを足したり、色々な楽しみ方ができるのも楽しい。

食事はライブ（？）を観ながら軽くつまめるようにとの配慮から、生ハムやチーズ、スモークサーモン、マリネしたイワシ、エビ、パプリカやプチトマトにミニアスパラ、オリーブなどなど。色鮮やかな食材を、それぞれカナッペ風にまとめたり、串にさしたりと工夫を凝らしたフィンガーフードがずらりと並ぶ。スペイン流にいえば、ピンチョスだ。

さらには、マッシュルームとタコのアヒージョ。簡単にいえば、オリーブオイル煮だろうか。にんにくとアンチョビの風味をきかせたオイルで熱々に仕上げる。

だが、何と言ってもスパニッシュナイトのメイン料理は、トルティージャ。じゃがいもの入ったスペイン風のオムレツだ。大きなフライパンで分厚く焼き上げた卵二十個分のオムレツを見て、澄香は絵本に出てくる「ぐりとぐら」のカステラを連想してしまった。大皿に載せると、ずしりと重い。

巨大！　と思ったのも束の間、四方から手が伸び、あっと言う間に売り切れてしまった。


大いに盛り上がった宴も終わり、みながご隠居様の自主制作ＣＤと赤い薔薇（ばら）、そして玻璃屋特製の炉開きのお菓子「亥の子餅（いのこもち）」をお土産に引き上げていく。

後片付けをしていると、左門がやって来て言った。

「仁の字にスミちゃんよ。あとはおいらがやっとくからよ、あっちで飯でも食ってってくんな。へ、情けねェ。おめえさんに食事なんて畏（おそ）れ多くて出せねえって、嬶（かかァ）のヤツ震え上がっちまいやがってさ。おいらがこさえた握り飯くれぇしかねえんだけどよ」

澄香たちがほとんど何も食べる暇がなかったことを左門は見ていたようだ。

「おっ。なんでえなんでえ、気のきかねえ倅（せがれ）め、この弾正左衛門（だんじょうざえもん）様の夜食はねぇのかい。スペインの赤い風に吹かれて、こちとら腹が減ってんだぃ」

ご隠居様の言葉に、左門はちっと舌打ちをした。

「てめぇの道楽に皆さん付き合って下さってるんだろが、とっとと握り飯でも食らって、はばかり使っておとなしく寝やがれっ」

などと、二人して同じ顔で同じ調子でやり合っているのを仁が笑いながら見ていた。

隣り合う左門の自宅でおにぎりをごちそうになる。

黒々とした上等の海苔を巻いた三角おにぎりの中身は焼いてほぐした鮭、梅干し、おかかの三種類だ。まだぬくもりの残る炊きたてのご飯に、絶妙の塩加減。力の入れ方によるのだろうか、しっかり握られているのに、決して固すぎず、口の中でほろりとほどけるのだ。噛みしめると、米の甘みをそれぞれの具材や海苔が引き立てて、何とも言えず満ち足りた気分になる。

「あああぁ、おいしい。コンビニのおにぎりなんかとは全然違いますね」

思わず隣の仁に言うと、仁はうなずいた。

「おにぎりって人によって握り方が全然違うからな。左門のは特においしい。和菓子作りと通ずるところがあるんじゃないか」

感心していると、左門の奥さんが「昔ならいざ知らず、仁君に食べてもらうなんて畏れ多くってさ、あたしゃ、もう卒倒しそうだわよ」と賑やかに言いながら、お味噌汁を運んで来てくれた。

「すみません。いただきます」

仁が笑う。

一口飲んで、澄香はびっくりした。ちょっと飲んだことのない味だったのだ。

「初めての味です」

少し癖があるのだが、慣れてくるとそれが堪らない風味に感じられるのだ。

「ウチのは味噌がちょっと変わってんだよ。あたしも嫁いできた時はびっくりしたね」

「俺も最初に飲んだ時、びっくりしました」

左門の奥さんは、仁が中学生の頃に嫁いできたそうで、その頃には、仁がよく家族に交じってご飯を食べていたという。

そういえば、と澄香は思い返してみた。友人宅に泊まったりすると、その家の味噌汁をごちそうになるようなこともあるが、たしかに家庭によってずいぶん印象が違う。

騒がしく何か言い合いながら、ガレージから戻って来た左門とご隠居様を迎えるため、奥さんが立ち上がる。

澄香は仁に言った。

「お味噌汁って家庭によって全然違うのかもしれませんね」

「そうだな。味噌汁に限らず、だけどな」

家庭の味って、どうやって作られていくのだろうと澄香は考える。玻璃屋のように家に伝わる味を継承していくケースもあるだろうが、今の日本では、結婚した二人が新しい家庭の味を作り上げていく方が多いかもしれない。そうなると、やっぱり料理をする人の影響が強そうだ。発言力というべきか。

そりゃ作る方の力が強いに決まっている。

あ、いや、そうでもないのかと澄香は思い直した。

結婚した友人から聞いたことがあるのだ。

彼女は出身地がひどく離れている相手と結婚したため、そもそも料理の概念自体が異なるようなことも多いらしい。お互い驚きの連続なのだという。相方がいちいち料理の味付けに文句を言うので、新婚一週目にして彼女がキレて、じゃあおめえが作れよと、壮絶バトルとなったそうだ。一旦は離婚寸前までいったものの、現在ではお互いが少しずつ譲り合って、「どうしても食べたいが、争いの種となりそうな味付けの料理は自分が作る」「作ってもらった方はありがたくいただく」というルールを作り、どうにかやっているらしい。

その彼女が実家に帰って何か作ると、実家の両親やきょうだいに微妙な顔をされるそうだ。

「いつの間にか味が混ざっちゃったみたいなんだよね。あたしゃもう昔のあたしには戻れないんだよ」と彼女は泣く真似をして見せたが、澄香を始め、独身の女たちにはノロケとしか聞こえず、ほうほう、なるほどと薄ら笑いを浮かべていた記憶がある。

そう考えれば、その家庭、家庭の味というのは、毎日共に食事をする中で、自然とできあがっていくものなのかもしれなかった。

ふと、くるみ嬢のブサ猫みたいな顔を思いだす。考えてみれば、彼女や弟の大河はそれまでの家庭の味を捨てるように要求されていることになる。

それは酷だな……。思わず考え込んでしまう。

小山さんは誠実そうな人だからそんなことはないだろうけど、もしこの先、何らかの理由で離婚、また再婚なんてことになったなら、その時はまた一から新しい味で始めなければならないのだろうか。新しいお母さんの卵焼きはどんな味なのか——。

せめて、亡くなったお母さんのものと似ていればいいなと澄香は考えていた。


玻璃屋の庭。つくばいの横に、満天星（どうだんつつじ）が植えられている。

ご隠居様から、是非、見て行ってくれと言われて、仁と二人で庭に出た。見事に紅葉した木々をライトアップしてあるのだ。子供が小さな手を広げたような、可愛らしい葉っぱがまっ赤に染まっている。紅葉した葉を照葉（てりは）と呼ぶのだそうだ。夕方、桜子に教えてもらった。

「うわあ、きれいですね」

風が吹き、木々がザアッと音を立てる。

しかし、寒い。思わず肩をすぼめてしまう。

ふと視線を感じて仁の方を見ると、仁が澄香をじっと見ていた。

えええっ、何？　年甲斐（としがい）もなく、ドギマギする。仁の手がそっと頬の辺りに伸びてきて、澄香は何も言えずに仁を見上げる。まともに視線がぶつかった。頬から髪に触れる指。外気に冷えた頬に、そこだけ熱を感じる。

仁の手が離れ、指先で摘まんだ満天星の葉を澄香の手に握らせてくれた。

「髪についてた」

霜月、夜。去りゆく秋が燃え立つ。

仁から手渡された照葉をそっと握り、澄香は近づく冬の気配に身を縮め、立ち尽くしていた。

本書は次の単行本を加筆・修正・改題し、三分冊したうちの二冊目です。
『出張料理・おりおり堂　卯月～長月』（二〇一五年三月刊）
『出張料理・おりおり堂　神無月～弥生』（同年九月刊）
どちらも中央公論新社刊

本文イラスト：八つ森佳
本文デザイン：bookwall

中公文庫

出張料亭おりおり堂
——ほろにが鮎と恋の刺客

2017年12月25日　初版発行

著　者　安田依央

発行者　大橋善光

発行所　中央公論新社
〒100-8152　東京都千代田区大手町1-7-1
電話　販売 03-5299-1730　編集 03-5299-1890
URL http://www.chuko.co.jp/

DTP　平面惑星
印　刷　三晃印刷
製　本　小泉製本

Published by CHUOKORON-SHINSHA, INC.
Printed in Japan　ISBN978-4-12-206495-9 C1193

中公文庫既刊より

各書目の下段の数字はＩＳＢＮコードです。978－4－12が省略してあります。

や-64-1
出張料亭おりおり堂 ふっくらアラ煮と婚活ゾンビ 安田依央
天才料理人の助手になって、仕事も結婚も一挙両得？ 恋愛下手のアラサー女子と、料理ひとすじのイケメン、もどかしすぎる二人三脚のゆくえやいかに。シリーズ第一弾。
206473-7

お-51-5
ミーナの行進 小川洋子
美しくて、かよわくて、本を愛したミーナ。あなたとの思い出は、損なわれることがない――懐かしい時代に育まれた、ふたりの少女と、家族の物語。谷崎潤一郎賞受賞作。
205158-4

か-61-3
八日目の蟬（せみ） 角田光代
逃げて、逃げて、逃げのびたら、私はあなたの母になれるだろうか……。心ゆさぶるラストまで息もつがせぬ傑作長編。第二回中央公論文芸賞受賞作。〈解説〉池澤夏樹
205425-7

こ-57-1
望月青果店 小手鞠るい
里帰りの直前に起きた、ふいの停電。闇のなかで甦るのは初恋の甘酸っぱい約束か、青く苦い思い出か。恋愛小説の名手が描く、みずみずしい家族の物語。〈解説〉小泉今日子
206006-7

き-40-1
化学探偵Mr.キュリー 喜多喜久
周期表の暗号、ホメオパシー、クロロホルム――大学で起こる謎を不遇の天才化学者が解き明かす!! 至極の化学ミステリが書き下ろしで登場！
205819-4

き-40-2
化学探偵Mr.キュリー2 喜多喜久
過酸化水素水、青酸カリウム、テルミット反応――今日もMr.キュリーこと沖野春彦准教授を頼る事件が盛りだくさん。大人気シリーズ第二弾が書き下ろしで登場！
205990-0

き-40-4
化学探偵Mr.キュリー3 喜多喜久
呪いの藁人形、不審なガスマスク男、魅惑の《毒》鍋――学内で起こる事件をMr.キュリーが解き明かすが、今回、彼の因縁のライバルが登場して⁉
206123-1

き-40-5
化学探偵Mr.キュリー4
喜多喜久
Mr.キュリーこと沖野春彦が、なんと被害者に!? 事件に立ち向かったのは春ちゃんラブのイケメン俳優・美間坂剣也。新たな名探偵、誕生か!?
206236-8

き-40-6
化学探偵Mr.キュリー5
喜多喜久
化学サークルの「甘い」合成勝負、サ行の発音があやうくなる《薬》。そして沖野と舞衣は、理学部地下の冷蔵室に閉じ込められた。この窮地に沖野は――？
206325-9

き-40-7
化学探偵Mr.キュリー6
喜多喜久
沖野春彦が四宮大学に来て三年半。未だ研究のメインテーマを決められずにいた。そんな中、研究室に「ギフテッド」と呼ばれる天才少女が留学してきて？
206411-9

く-23-2
ゆら心霊相談所 消えた恩師とさまよう影
九条菜月
元弁護士の訳ありシングルファーザーと、「視えちゃう」男子高校生のコンビが、失せ物捜しから誘拐事件までなんでも解決。ほんわかホラーミステリー。
206280-1

く-23-3
ゆら心霊相談所2 キャンプ合宿と血染めの手形
九条菜月
キャンプ合宿へやってきた尊。朝起きると、足に真っ赤な手形が！「聴こえちゃう」オヤジと「視えちゃう」男子校生のほんわかホラーミステリー第2弾。
206339-6

く-23-4
ゆら心霊相談所3 火の玉寺のファントム
九条菜月
オヤジ所長、呪われる!? 首の包帯、亡くなった妻、弁護士を辞めた理由。変人シングルファザー・由良蒼一郎の過去が明らかに！ ほんわかホラーミステリー第3弾。
206407-2

さ-75-1
妖怪お宿稲荷荘
さとみ桜
休職中の一蕗が訪れたのは、廃業寸前の旅館「稲荷荘」。従業員も白狐や猫又と、妖怪専門のお宿だった。旅館立て直しを依頼された一蕗の奮闘が始まる！
206418-8

わ-16-1
プレゼント
若竹七海
トラブルメイカーのフリーターと、ピンクの子供用自転車で現場に駆けつける警部補――。間抜けで罪のない隣人たちが起こす事件はいつも危険すぎる！
203306-1

各書目の下段の数字はＩＳＢＮコードです。978－4－12が省略してあります。

わ-16-2
御子柴くんの甘味と捜査
若竹七海
長野県から警視庁へ出向した御子柴刑事。甘党の同僚や上司からなにかしらスイーツを要求されるが、日々起こる事件は甘くない――。文庫オリジナル短篇集。
205960-3

あ-67-1
おばあちゃんの台所修業
阿部なを
自然の恵みの中で生きることを大切に――。料理の基本から、おかみとしての人生まで。明治生まれの料理家が語る、素朴に食べること、生きること。〈解説〉岸　朝子
205321-2

い-110-2
なにたべた？　伊藤比呂美＋枝元なほみ往復書簡
伊藤比呂美
枝元なほみ
詩人は二つの家庭を抱え、料理研究家は二人の男の間で揺れながら、どこへ行っても料理をつくっていた。二十年来の親友が交わす、おいしい往復書簡。
205431-8

い-116-1
食べごしらえ　おままごと
石牟礼道子
父がつくったぶえんずし、獅子舞にさしだした鯛の身。土地に根ざした食と四季について、記憶を自在に行き来しながら多彩なことばでつづる。〈解説〉池澤夏樹
205699-2

き-47-1
キムラ食堂のメニュー
木村衣有子（ゆうこ）
各地の飲食店主や職人の取材を続けるかたわら、お酒のミニコミを発行してきた著者。さまざまな食べもの・飲みものとの出合いを綴る、おいしいエッセイ。
206472-0

た-28-15
ひよこのひとりごと　残るたのしみ
田辺聖子
他人はエライが自分もエライ。人生はその日その日の出来心――七十を迎えた「人生の達人」おせいさんが、年を重ねる愉しさ、味わい深さを綴るエッセイ集。
205174-4

た-28-17
夜の一ぱい
田辺聖子
浦西和彦編
友と、夫と、重ねた杯の数々……。四十余年の長きに亘る酒とのつき合いを綴った、五十五本のエッセイを収録、酩酊必至のオリジナル文庫。〈解説〉浦西和彦
205890-3

た-34-5
檀流クッキング
檀一雄
この地上で、私は買い出しほど好きな仕事はない――という著者は、人も知る文壇随一の名コック。世界中の材料を豪快に生かした傑作92種を紹介する。
204094-6